# Didier Daeninckx

# Leurre de vérité

## et autres nouvelles

Denoël

Ces nouvelles sont extraites de *Zapping* (Folio n° 2558).

Didier Daeninckx est né en 1949 à Saint-Denis. De 1966 à 1975, il travaille comme imprimeur dans diverses entreprises, puis comme animateur culturel avant de devenir journaliste dans plusieurs publications municipales et départementales. En 1983, il publie *Meurtres pour mémoire*, première enquête de l'inspecteur Cadin qui retrace la manifestation des Algériens en octobre 1961 et la répression policière qui fit une centaine de morts. L'année suivante paraît *Le géant inachevé* : un crime étrange perturbe la préparation du carnaval d'Hazebrouck ; une jeune femme est assassinée, et le géant qu'elle confectionnait est également la cible du tueur mystérieux. *Le der des ders* a pour toile de fond la guerre de 14-18 ; Varlot, qui s'en est sorti indemne — cauchemars mis à part — doit enquêter sur la moralité de la femme du colonel Fantin de Lasaurdière... De nombreux romans noirs suivent, dont *La mort n'oublie personne* dans lequel un jeune historien se replonge dans les jours troublés de l'histoire de la Résistance ; *Lumière noire* où, à la suite d'une bavure policière à l'aéroport de Roissy, Yves Guyot découvre comment la raison d'État peut se substituer à la recherche de la vérité ; dans *Mort au premier tour*, c'est encore l'inspecteur Cadin qui enquête, au lendemain des élections municipales de mars 1977, sur l'assassinat d'un militant écologiste sur le chantier de la centrale nucléaire de Marcheim, en Alsace... Avec *Zapping*, dont sont extraits ces textes, Didier Daeninckx propose une série de destins sur lesquels la télévision a exercé son influence, avant, pendant, après et parfois parallèlement à ses émissions. *Cannibale*, inspiré par un fait authentique, se déroule pendant l'Exposition universelle de 1931, tout en mettant en perspective les révoltes qui devaient avoir lieu un demi-siècle plus tard en Nouvelle-Calédonie. Écrivain engagé, Didier Daeninckx est l'auteur de plus d'une trentaine de romans et recueils de nouvelles.

# UNE QUESTION POUR UNE AUTRE

La tempête de sable s'était apaisée et ce n'était plus maintenant qu'un nuage doré qui dansait sur l'horizon.

La voix s'éloignait, faiblissait, puis elle revenait, étonnamment proche, avant d'être hachée par les crépitements. Le technicien pianotait sur ses touches en grimaçant, mais la maîtrise des ondes lui échappait. Près de lui, debout, Michel Ferriot hurlait dans le micro.

– Puisque je vous dis que ça se dégage! Amusez-les encore pendant cinq minutes... ici tout est prêt...

Le casque ne lui renvoyait que des bribes de mots noyées dans un océan de distorsions, d'interférences. Il l'enleva, découragé, et se frotta les oreilles. L'équipe télé attendait près du groupe électrogène installé sur le camion-plateau, et les hélicos brassaient l'air de leurs pales. L'un des pilotes l'interrogea d'un mouvement de tête. Il fit semblant de ne pas l'avoir remarqué. Il s'approcha du réalisateur qui buvait un Coca-whisky, affalé sous la moustiquaire. C'était un gros type perpétuellement épuisé qui avait obtenu pas mal de succès, vingt ans auparavant, avec ses adaptations de Zola. Il s'était vite résigné à ne tourner que des séries prédigérées en utilisant au maximum les compétences de ses assistants. Il terminait sa carrière dans le direct longue distance, déguisé en globe-trotter bedonnant.

– Vous pouvez brancher la liaison satellite?

Il posa le verre sous son siège, jeta un coup d'œil à sa montre et se leva en grognant.

– Il est neuf heures moins dix, là-bas... Vous êtes sûr d'avoir le feu vert?

Michel Ferriot haussa les épaules.

– Je ne sais pas... on n'entend rien à la radio, la tempête de sable a tout déréglé... Je vais essayer de leur parler en direct.

Ils contournèrent la parabole ouverte sur le ciel et entrèrent dans le car-régie. Le directeur d'antenne apparut bientôt sur l'écran de contrôle, assis au beau milieu du studio parisien, un talkie-walkie à la main. Son regard chercha instinctivement une télé dès qu'il entendit la voix de Michel Ferriot.

– Allô, Paris... Alors, qu'est-ce que vous avez décidé? Ici, on peut y aller dès que vous voulez...

Il colla l'émetteur à son oreille et consulta sa montre.

– J'ai fait caler deux dessins animés en attente et les gens ne décrochent pas de la chaîne... On bat tous les records, même avec les deux films qu'ils ont programmés en face... J'envoie le générique à neuf heures pile et vous vous accrochez derrière. O. K.?

Michel Ferriot confirma. Cela faisait maintenant dix mois qu'il animait «Commando», et il n'avait jamais raté l'horaire, ne serait-ce que d'une seconde. Aujourd'hui la tempête de sable était presque bienvenue : le suspense renforçait son prestige. Toutes les huiles de la maison devaient être vissées à leur poste attendant de le voir apparaître entre les deux fina- listes. L'émission, mensuelle, réunissait au départ deux séries de six candidats qui s'affrontaient en duels sin- guliers. Le cadre changeait chaque fois : le Pérou, la Chine, l'Australie... Les concurrents étaient jugés sur leurs qualités sportives, leur courage puis, en fin d'émission, sur leurs connaissances de la région choi- sie.

On en était au stade des finales, et la France entière se passionnait pour le match qui opposait les cham- pions des deux séries : un pompier de Mondeville, François Lincan, et un étudiant en histoire, Patrick Presles. Depuis trois semaines les journaux s'arra- chaient les photos de leurs exploits, les confidences de leurs intimes, et il suffisait qu'un hebdo télé parle avec sympathie de Lincan pour que le titre d'en face consacre sa une à Presles. Autour des comptoirs, à l'heure du café ou du Ricard, on s'affrontait : pres- listes contre lincaniens. L'émission, programmée au début le jeudi soir à vingt-deux heures, pratiquement la clandestinité, s'était vue propulsée à la place de « Super soirée », le mardi en prime-time, dès que ce combat de titans s'était amorcé.

La maquilleuse se précipita vers Michel Ferriot qui sortait du car-régie pour lui essuyer le front et faire un raccord de fond de teint. François Lincan et Patrick Presles s'échauffaient les muscles en courant autour du campement. Un assistant les prévint de l'immi- nence du départ. Ils s'approchèrent des caméras et commencèrent à s'équiper. Le meneur de jeu vint se placer en premier plan, le micro à la main. La musique du générique, composée par Jean-Michel Jarre, satura l'ampli. Les lampes rouges s'allumèrent. Michel Ferriot se racla la gorge.

— Bonsoir et merci d'être ce soir encore au rendez-vous de « Commando ».

Il tendit le bras vers la plaine de Arafâte, en contrebas, celle-là même où Adam et Ève s'étaient réfugiés après avoir été chassés du paradis.

— Pour cette finale nous avons choisi un lieu prestigieux, La Mecque, et nous remercions les autorités saoudiennes qui ont accepté de mettre à notre disposition une partie des lieux saints. Nous nous trouvons exactement au sommet du mont Djabal an-Noûr et nos deux candidats, François Lincan et Patrick Presles, vont s'élancer dans le vide d'ici quelques minutes, et se mettre à la recherche du trésor caché dans les flancs de cette montagne. Celui qui le découvrira marquera 1 000 points mais son avantage pourra être mis en cause lors de la seconde épreuve : trois questions de culture générale valant 1 000 points chacune. Je vous rappelle que le montant de la cagnotte atteint trois cent mille francs que je remettrai personnellement au vainqueur dans moins d'une heure...

Il se tourna et donna le top du départ. Le pompier de Mondeville et l'étudiant de Jussieu soulevèrent la toile de leur parapente, cherchant le vent. Patrick Presles le trouva le premier et se mit à courir vers le bord de la falaise, bientôt suivi par François Lincan. Les ailes sponsorisées se gonflèrent et flottèrent au-dessus des centaines de milliers de pèlerins qui, six cents mètres plus bas, formaient une impressionnante masse sombre sur laquelle tranchait le blanc des cam-

pements et des rangées de cars. Deux cameramen les
imitèrent, l'œil collé au viseur de leur Betacam. Les
pieds raclèrent le sol caillouteux puis échappèrent à la
pesanteur. Les images planantes arrachèrent des cris
aux spectateurs accrochés aux accoudoirs de leur fauteuil. François Lincan s'était laissé porter par un courant ascendant et il dérivait au-dessus d'un promon-
toire d'une centaine de mètres de côté alors que son
adversaire piquait vers le sol. Il aperçut l'entrée d'une
grotte, tira sur les filins de son aile pour atterrir et
réussit à se recevoir sur les jambes.

Il se confectionna une torche rudimentaire avec des
brindilles et du papier ramassés aux alentours,
l'alluma et pénétra dans la caverne. L'un des deux
cameramen se posa à son tour et filma sa progression
dans les ténèbres vacillantes. François Lincan finit par
découvrir l'indice dissimulé au milieu des innom-
brables inscriptions en arabe qui recouvraient les
parois : le sigle de la chaîne accompagné d'une flèche
partant vers le bas. Il creusait la terre avec ses mains,
accroupi, la rejetant entre ses jambes, comme un
chien, quand la voile du parapente de Patrick Presles
passa devant l'ouverture. Il se leva, piétina la torche et
se remit à l'ouvrage, dans le noir. Ses doigts se refer-
mèrent sur un objet métallique, une petite sculpture
qu'il essaya d'identifier en la caressant. Il s'avança
vers l'entrée de la grotte, ébloui par la luminosité en
brandissant son « trésor ». Le cameraman cadra la
main terreuse qui serrait le lion, mascotte du plus
important parrain de l'émission. Un hélicoptère déposa
Michel Ferriot sur place. Il félicita chaleureusement
François Lincan et lui demanda de choisir entre deux
enveloppes.

– La bleue...

L'animateur déchira le papier et fit glisser un carton.

– Attention, concentrez-vous... Chacune de ces trois questions peut vous rapporter 1 000 points supplémentaires... Première question : qu'est-ce que le Hadjdj ? Je vais épeler : H.A.D.J.D.J. C'est assez compliqué, je l'admets, mais rappelons que trente millions sont en jeu...

François Lincan ferma les yeux et gonfla ses joues. Les trente secondes, une par million, défilèrent au bas des écrans, dans le plus profond silence. Michel Ferriot consulta sa fiche.

– Il s'agissait du grand pèlerinage que les croyants effectuent à La Mecque. Vous ne marquez pas les 1 000 points... Deuxième question : les musulmans ne vivent pas selon le même calendrier que nous. L'ère de l'Islam débute par l'émigration du prophète vers Médine... Sommes-nous actuellement au xive, xve ou au xvie siècle de l'Hégire ?

François Lincan fit la même mimique que lors de l'énoncé de la question précédente puis il rouvrit les yeux et se mit à rire.

– xve siècle. J'en suis sûr.

Le meneur de jeu lui attribua les 1 000 points et lut la dernière question.

– Un mari peut-il interdire à son épouse d'effectuer le pèlerinage à La Mecque ? Prenez votre temps...

Des images de femmes voilées, de harems, se bousculèrent dans son esprit. Il hésita et prononça faiblement :

– Oui... Je crois...

Michel Ferriot laissa échapper un soupir de regret.

– Hélas, la réponse était non. Aussi surprenant que cela puisse paraître, l'épouse peut passer outre à l'interdiction de son mari... Vous totalisez donc 2 000 points et tout est encore possible...

Il se dirigea vers Patrick Presles.

– Approchez... Si vous répondez à ces trois questions, vous serez le premier super champion de « Commando ». Prêt? Allons-y : citez-moi au moins quatre pays ayant une frontière commune avec l'Arabie Saoudite.

– Les deux Yémen, celui du Nord, celui du Sud, le Koweït, l'Irak et la Jordanie...

Un large sourire illumina le visage de Michel Ferriot.

– Bravo. 1 000 points. Vous avez accompli le tiers du chemin... Dans quelle ville le prophète Mohamed est-il enterré?

Le jeune étudiant ouvrit la bouche, la referma, bafouilla.

– Ba... ba... eh... ka... eh...

L'animateur était sur le point de défaillir mais le candidat se reprit.

– Euh... je pense que c'est Médine...

Il empocha 1 000 points de plus et répondit sans hésitation à la dernière question qui portait sur le principal monument de La Mecque, la Ka'ba. Michel Ferriot exhiba solennellement un chèque de sa poche de veste et le lui remit. Près de l'entrée de la grotte où il triomphait moins d'un quart d'heure plus tôt, François Lincan, oublié de tous, pleurait en silence.

Il rentra en France, démissionna des pompiers de Mondeville et rompit tous les liens qui le retenaient à sa famille, ses amis, ne supportant plus la moindre allusion à sa défaite retentissante sur les pentes du Djabal an-Noûr. Il n'avait même pas pris possession de la voiture attribuée au perdant de la finale de « Commando » et vivait reclus dans une piaule de Gennevilliers. Il se repassait en boucle, les jours de déprime, les cassettes des émissions qui l'avaient mené si près de la gloire et de la fortune. Il les connaissait par cœur et singeait chacun des protagonistes en éclusant du vin en litre plastique. Et c'est en imitant pour la centième fois les réponses de Patrick Presles qu'il prit conscience de la manière dont on lui avait volé sa victoire. Il resta toute la nùit à visionner les séquences au ralenti, image et son, enregistrant les échanges sur magnétophone, photographiant les bouches en gros plan. Puis il commença à réfléchir à sa vengeance.

Six mois plus tard les journaux spécialisés annoncèrent que le champion remettait son titre en jeu et que la première émission de la nouvelle série se déroulerait en Espagne, à Ségovie. François Lincan n'attendait plus que cela : il avait vendu le peu qu'il possédait et disposait d'assez d'argent pour mettre ses projets à exécution. Il se rendit sur place quinze jours avant la date du direct et observa discrètement le travail et les déplacements des collaborateurs chargés de préparer le terrain à Michel Ferriot. Il comprit assez vite que le trésor serait dissimulé dans les ruines de l'ancienne maison de la Monnaie, au cœur de la vallée de l'Eresma. Il loua un 4 × 4 équipé d'un attelage, se procura une paire de jumelles, un pistolet et patienta jusqu'à l'arrivée des concurrents et du gros de l'équipe. L'après-midi précédant l'émission, il grimpa au sommet d'une colline pour observer les préparatifs. Patrick Presles révisait ses connaissances en lisant un gros guide illustré sur l'Espagne tandis que Michel Ferriot faisait la sieste dans sa caravane à air conditionné garée à l'écart, près d'un verger. Vers dix-neuf heures il se mit au volant du 4 × 4 et emprunta les petits chemins couverts pour gagner la vallée. Il traversa le verger, le moteur au plus bas régime possible pour ne pas faire de bruit, et vint se cacher derrière la caravane. Il saisit son pistolet et fit irruption dans l'habitacle. Michel Ferriot se redressa et son nez vint buter sur le canon.

– Qu'est-ce que...

Il reconnut le finaliste malchanceux et esquissa un sourire mais François Lincan l'assomma d'un coup de crosse. Il transporta le corps de l'animateur dans le tout-terrain et s'éloigna en longeant le cours d'eau.

On s'aperçut de la disparition du meneur de jeu un quart d'heure plus tard et après de vaines recherches menées par les techniciens, les concurrents et les curieux, son assistant se prépara à le remplacer au pied levé s'il ne donnait pas signe de vie avant l'envoi du générique.

Michel Ferriot reprit conscience vers neuf heures. Il se trouvait au centre des fondations d'un moulin, près des vestiges d'une roue à aubes. Il se souvint que la maison de la Monnaie avait, un temps, été transformée en meunerie. Cela figurait sur l'une de ses fiches et c'est là qu'était enfoui l'enjeu de la première manche... Il se souleva sur les coudes. Le perdant de La Mecque creusait le sol. Il n'eut pas le temps de s'interroger sur l'usage de la fosse, que François Lincan, le tirant par les pieds, le faisait basculer dans la terre humide. Ses hurlements inutiles cessèrent au moment exact où la balle lui fracassa le crâne. L'ex-finaliste se baissa pour placer une sorte de boîte entre les bras du cadavre, reprit sa pelle et boucha le trou.


Patrick Presles arriva le premier aux abords de l'ancienne maison de la Monnaie. Il se perdit dans le réseau de couloirs, de caves, de réserves avant de pénétrer dans la grande salle partagée par les piliers des fondations. Un cameraman le suivait à la trace et les images de la chasse au trésor meublaient les écrans d'une bonne moitié des foyers français. Il repéra le rectangle de terre remuée du premier coup d'œil et la déblaya en se servant d'un morceau de tuile ramassé près de la roue à aubes. Le cameraman, penché au-dessus de l'épaule de Patrick Presles, cadra la découverte en gros plan. Il ne comprit pas tout de suite ce qu'il voyait dans l'objectif et lâcha sa Betacam quand le champion en titre mit au jour le visage de Michel Ferriot. Il se retourna et se plia en deux pour vomir avant de trouver assez de courage pour saisir la cassette vidéo que le mort serrait entre ses mains.

A Paris le directeur d'antenne interrompit immédiatement la retransmission. Une speakerine fut chargée d'annoncer, avec le sourire de circonstance, une interruption momentanée de l'émission due à des problèmes techniques.

L'équipe au grand complet se pressa dans le carrégie pour visionner la cassette tragique. La voix de François Lincan commentait un montage des réponses de son adversaire lors de la finale de La Mecque et démontrait que loin de bafouiller après la deuxième question, Patrick Presles ânonnait « Ka'ba » à plusieurs reprises, ce qui était tout simplement la réponse exacte à la TROISIÈME question. Il analysait ensuite les réactions de l'animateur qui semblait déboussolé par les hésitations du candidat et en tirait la conclusion logique que tous deux étaient de mèche.

Patrick Presles nia farouchement et jura sur ce qu'il avait de plus cher qu'il ne disait pas « Ka'ba » mais bien « ba... ka... » et qu'en le répétant plusieurs fois cela finissait, évidemment, par faire « Ka'ba »...

Le lendemain François Lincan se tua au volant de son 4 × 4 de location en négligeant d'emprunter la route pour descendre un col de la sierra Nevada. Les enquêteurs retrouvèrent l'arme du crime au cœur de l'amas de tôles et classèrent le dossier.


Quand tout cela fut oublié et que d'autres noms, d'autres visages, s'étalèrent à la une des magazines, Patrick Presles épousa discrètement la veuve de Michel Ferriot, rencontrée lors des épreuves de sélection de « Commando », et qui n'avait pas trouvé de plus grande preuve d'amour que de lui offrir, mois après mois, les brouillons des émissions dont son mari parsemait l'appartement.

# SANTÉ À LA UNE

Ce samedi-là nous collait à la peau, comme pas mal de samedis depuis quelques mois. On est montés dans la voiture, pour rompre la monotonie. J'ai fait le plein au Mobil du coin et mis le cap sur le périph. Élisa remuait les cartes sans parvenir à décider d'une destination. Les portes des fortifs défilaient à cent vingt, avec leurs noms sur les portiques, la France en étoile, branchée à l'anneau.

A hauteur d'Auteuil elle eut envie d'huîtres, de brume, mais un énorme Calberson qui peinait sur la file de droite m'empêcha de me rabattre vers l'entrée de l'autoroute de Normandie. A La Chapelle le panneau « Lille » lui a fait hausser les épaules et elle s'est désintéressée du choix de l'itinéraire. J'ai plongé à Bercy, au-dessus du dernier fortin de Thiers, avec « 1845 » gravé dans la pierre. Elle a basculé son siège et s'est allongée, la tête sur la banquette arrière. La ceinture de sécurité a glissé le long de son corps, tirant la jupe vers le haut. J'ai posé ma main sur sa cuisse. Elle se réveillait au hasard des péages, soupirait, se renfrognait. La voix du chanteur de Dire Straits montait en sourdine des haut-parleurs de portières.

La nuit tombait quand je réussis, du premier coup, à me sortir de l'échangeur ouest, une sorte de pieuvre bétonnée accolée au fossé des remparts, et à pénétrer dans la ville. Élisa s'est redressée, secouée par les pavés du boulevard de Metz. Je me suis arrêté sur la place, face aux vitraux. Elle a toussé.

– Où on est?

Je lui ai montré la façade massive de la gare qui bloquait l'horizon.

– A Strasbourg... Ça te plaît?

Elle est sortie, les yeux plissés par le sommeil, a fait quelques pas en traînant les pieds et s'est appuyée au capot.

– C'est ça leur cathédrale? *(Elle a retenu un bâillement.)* Je la voyais autrement...

Je me suis approché d'elle.

– Tu n'as pas faim?

– Si, un peu. *(Un frisson a agité ses épaules. Elle a froncé les sourcils.)* Mais pourquoi t'es venu là? Je voulais voir la mer...

J'ai fait semblant de ne pas entendre.

– On marche un peu? Cinq cents kilomètres dans les jambes, je n'en peux plus!

Élisa a pris son manteau dans le coffre et s'est mêlée au flot de gens qui traversait la place. Elle s'est engouffrée dans le passage commercial souterrain. Une demi-douzaine de types au crâne rasé l'observaient du seuil d'une boutique remplie de médailles, de décorations, de ceinturons, de quilles, d'objets militaires. Elle s'est figée, s'est retournée, me cherchant du regard.

– Alain, on se tire : c'est plein de skins...

J'ai levé la tête vers la vitrine. Les types refluaient en direction des jeux vidéo.

– Rassure-toi... Il y a dix ans je traînais la même gueule qu'eux! C'est les coiffeurs militaires qui ont lancé la mode : le pays est défendu par une armée skin...

En surface, j'ai pianoté au bas du plan lumineux pour choisir un hôtel. On s'est remis au chaud dans la voiture et j'ai filé droit devant. Le faisceau des phares découpait le brouillard qui escamotait la flèche de la cathédrale.

Je me suis jeté sur le lit tandis qu'elle faisait défiler les chaînes sur l'écran. Je ne me souviens pas au milieu de quelle série la neige est tombée sur mes yeux.


Élisa était déjà prête quand je me suis réveillé. Elle admirait les toits et la façade de grès rose, la fenêtre grande ouverte. Les cloches sonnaient à toute volée, et c'était comme si je me baladais au bout de la corde. J'ai allumé une clope, en attendant que ça se passe.

Dehors, les tourniquets de cartes postales, les présentoirs de poupées alsaciennes et les vitrines de souvenirs envahissaient les rues piétonnes. Des touristes agenouillés mitraillaient les statues depuis le parvis. Élisa m'entraîna vers un petit train sur pneus dont les wagons miniatures se remplissaient de vieux et de vieilles endimanchés descendus d'un autocar. Je résistais mais elle parvint à s'asseoir face à deux anciens rigolards qui l'aidèrent à me tirer dans leur compartiment. La sono débitait sa leçon en allemand, en anglais, en français – *Es waren die Römer, die im*

*Jahre 12 vor Christus die eroten Grundsteine des Stadt gelegt haben. The first thoroughfares of the city were laid by the Romans in 12 B.C. Ce sont les Romains qui, en l'an 12 avant Jésus-Christ, ont tracé les premières artères de la cité* – précisant que des visites en italien, espagnol et néerlandais étaient également organisées.

Une heure en vitrine à roulettes, à voir défiler les monuments du centre-ville, les maisons rescapées du grand incendie, les églises, les temples, les collégiales, les abbayes... Je faisais la gueule et les yeux des deux vieux visitaient Élisa. J'essayai de sauver la journée du désastre en réservant une table pour un dîner-croisière sur l'Ill.

Le bateau quitta l'embarcadère des Rohan vers neuf heures, tandis qu'un serveur lymphatique nous proposait l'apéritif. Les flashs crépitaient. Leurs reflets se noyaient dans la brume et l'eau. Je me levai entre le foie gras local et la truite fumée pour observer la manœuvre d'un pont tournant qui devait nous donner accès au bassin de la Grande-Écluse. Je m'accoudai au bastingage et mon regard dériva sur les façades proprettes de la Petite-France. Un groupe d'une quinzaine de personnes patientait vers la rue du Bain-aux-Plantes derrière un clochard immobile encombré de paquets mal ficelés. Je ne la reconnus pas immédiatement, mais quand mes yeux s'arrêtèrent enfin sur son visage, je compris que je n'étais revenu là que pour elle.

Elle était adossée à un panneau de signalisation, un genou plié, le pied calé sur le montant, et tirait sur une cigarette, envoyant la fumée au ciel. Je l'appelai.

– Michèle! Michèle!

Ma voix fut couverte par le bruit du moteur montant en puissance. Je me retournai. Élisa, le nez écrasé sur la vitre courbe, le visage encadré par ses mains posées à plat, me fixait comme depuis l'intérieur d'un aquarium. J'escaladai la rambarde et sautai sur le quai, juste avant que le bateau ne prenne de la vitesse. Michèle marchait loin devant, en direction des Ponts-Couverts, sans se soucier des passants venant à sa rencontre et qui l'évitaient en glissant contre son cuir. Je me mis à douter, me souvenant maintenant de sa démarche limpide, de ses cheveux pris par le vent...

Elle pénétra dans le tunnel de l'écluse Vauban dont le gardien s'apprêtait à tirer la porte. Ses pas résonnaient sur la pierre. Les statues blessées, sans piédestal, nous regardaient passer de leurs cellules grillagées. Je me rapprochai. Son profil inquiet surplomba son épaule, deux, trois fois de suite. Je la rejoignis à quelques mètres de l'esplanade du marché, devant un cheval aux pattes brisées qui reposait sur le ventre. Ma main enserra son bras.

— Michèle, arrête-toi... C'est moi, Alain...

Elle pivota, et son visage se leva lentement vers le mien. Ses yeux brillaient tristement, des cernes que je n'avais pas remarqués depuis le bateau creusaient ses traits et, malgré le maquillage, la minuscule cicatrice d'enfance partageait toujours en deux son sourcil gauche.

— Lâchez-moi. Je ne vous connais pas...

Mes doigts se crispaient sur le cuir. Je me mis à rire.

— Mais, Michèle... Ce n'est pas possible...

Elle éleva la voix.

— Je vous ai dit de me lâcher! Lâchez-moi ou je crie!

Là-bas la lueur des lampadaires découpait la silhouette du gardien et son ombre pointait vers nous. Je desserrai mon étreinte, la laissant s'éloigner, submergé par les souvenirs, les espoirs, les regrets.

Elle rebroussa chemin, contourna un chantier et longea les jardins de l'hôpital civil. Je la suivais, adaptant mon rythme au sien sans jamais laisser moins de vingt mètres entre la découpe de son corps et mon ombre sur le trottoir. Elle traversa un pont et bifurqua dans une rue déserte qui serpentait près de l'Ill, juste avant les mouvements de terre annonçant une autoroute. Un chien tira sur sa chaîne, dans la nuit, rien que le cliquetis du métal sur le sol inégal. Il se jeta, tous crocs dehors, à l'assaut d'un grillage, à ma droite. Les aboiements éclatèrent en relais, tout le long du quai. Je m'immobilisai.

Michèle emprunta un chemin de terre bordé de baraquements en planches, de maisons rafistolées abritant des ateliers de réparation, des magasins de pièces détachées d'occasion. Ça sentait l'humidité, la terre et le cambouis. Deux camions de pompiers, des engins datant des années 50, finissaient d'user leurs chromes au milieu des jardins ouvriers. Elle poussa une barrière et remonta une allée très étroite qui menait à l'un des nombreux house-boats mouillant au pied de la centrale thermique. Une lumière s'alluma dans la cabine, projetant le dessin de la fenêtre jusqu'au milieu du chemin. Un homme tira la porte vers lui, lança quelques phrases rapides puis replongea le quartier dans la pénombre. Je me plaquai contre les tôles d'un appentis. Michèle passa devant moi sans déceler ma présence. Son regard fouillait les boqueteaux, les dépôts de gravats, les recoins du bidonville.

Elle arpentait maintenant les bords de l'Ill, les mains bloquées dans les poches de son blouson, d'une démarche nerveuse, saccadée, courant par moments. Les bateaux des croisières rhénanes se balançaient doucement devant les entrepôts du bassin d'Austerlitz qu'éclairaient les bulles translucides des tennis. Le pont Churchill surplombait la ville endormie et donnait accès aux anciens terrains militaires.

Michèle délaissa le secteur des facs, des avenues rectilignes et des immenses cités verticales pour s'enfoncer dans des rues minuscules. Les façades des boutiques parlaient plus souvent turc et chinois qu'alsacien. Elle disparut soudain dans un porche massif qui aurait pu être celui d'une caserne. Le gris des murs subsistait par endroits, entre les arabesques des bombages. J'entrai dans une cour emprisonnée par les quatre façades intérieures d'un immeuble. Du linge pendait aux fenêtres dont, souvent, les carreaux s'étoilaient de scotch sombre. Michèle discutait avec trois types près d'un second porche qui menait à une autre cour, identique à celle où nous nous tenions. Ses doigts défroissaient des billets pêchés dans la poche à fermeture de son blouson. Elle les tendit puis pointa le bout de sa langue dans le sachet reçu en échange. Le bruit d'une mobylette, dans la rue, derrière, leur fit lever la tête. Elle m'aperçut.

– Il y a un mec, là-bas... Il a tout vu !

L'un des dealers avait traversé la cour avant même que j'accepte de réaliser ce qu'elle venait de faire. J'essayai de fuir, la meute à mes trousses. Le plus proche de mes poursuivants me déséquilibra d'un coup de pied sur la cheville, et je m'affalai devant la vitrine d'une laverie automatique. Les santiags se mirent à l'ouvrage, pointes et talons. Je me protégeais la tête à l'aide de mes bras, de mes mains, les genoux repliés à hauteur du front, les cuisses serrées.

Ils cessèrent de taper dès que j'arrêtai de crier.

Élisa dormait nue sur le couvre-lit, devant la grille muette d'un canal allemand. J'éteignis la télé. Le déclic la réveilla. Elle ne vit tout d'abord pas mes vêtements souillés, déchirés, mes lèvres boursouflées, les bleus sur mes mains.

– Ce n'est pas la peine de revenir... Tu peux partir... Tu n'es qu'un salaud!

Elle me poursuivit dans la salle de bains où je nettoyais mes plaies.

– Mais qu'est-ce qu'il t'est arrivé, Alain? Qui t'a fait ça?

Je me déshabillai, me couchai.

– Je ne sais pas... Des types que je connaissais pas : ils m'ont attaqué dans la rue, sans raison...

Dans le lit elle voulut me caresser mais je repoussai sa main. Je demeurai longtemps sans dormir, les yeux grands ouverts sur les ombres qui dansaient au plafond.

Le lendemain je passai la journée en voiture à retrouver mes itinéraires de la nuit. Élisa était restée à l'hôtel. Nous nous étions séparés après une scène qui avait ravivé toutes mes douleurs. Je me perdis le long des berges semblables, confondant l'Ill, l'Aar, le fossé des Remparts, les canaux de dérivation, le Rhin-Tortu, les multiples bassins... Le nom de famille de Michèle

– Teiffer –, qui s'était évanoui dans ma mémoire, me revint brusquement alors que la radio diffusait un tube des Doors, *Riders on the Storm* sur lequel nous dansions, dix ans plus tôt. Je m'arrêtai devant un drôle de château effilé surmonté d'un clocheton, et dont la porte s'ornait d'un panonceau jaune frappé du mot « Postes ».

Je garai la voiture à l'arrière, sur un parking qui surplombait une sorte de garage à péniches bordé de minoteries, de malteries, d'entrepôts, de silos. La poste semblait squatter plus qu'elle ne l'occupait une pièce étriquée du rez-de-chaussée. Le reste du bâtiment appartenait à la police fluviale et aux douanes. Je pianotai « Michèle Teiffer » sur le Minitel de démonstration puis « Strasbourg ». La machine afficha la phrase rituelle : aucun abonné ne répondait à ce nom dans la localité choisie. Je tentai ma chance dans les banlieues proches, à Neudorf, à Robertsau, à Cronenbourg, sans plus de résultat. Je bus un bock dans une auberge au toit crénelé. Des dockers s'y noyaient dans la bière. La lumière crue des néons sur les tentures vertes momifiait les visages.

Je la retrouvai par hasard, la nuit tombée, qui sortait de *La Victoire*, une winstub du quai des Pêcheurs, une bâtisse bancale rescapée d'un plan d'aménagement hausmannien tombé aux oubliettes. Elle suivit un type dans une rue étroite, derrière le « Grand Établissement de Bains », et ils parlèrent longuement dans l'ombre rouge, épaisse, de l'immense cheminée cerclée. Je les observais depuis le recoin du quai. Michèle se tenait droite, immobile, les pouces accrochés aux rebords des poches arrière de son jean. Elle relevait la tête pour lancer des phrases brèves qui semblaient agresser l'homme qui lui faisait face, puis elle braquait son regard sur la portion de trottoir délimitée par ses chaussures. Il finit par capituler, s'approcha d'une grosse Yamaha accrochée à la grille de la piscine et tendit un casque à Michèle. Je me précipitai vers ma voiture. J'étais à peine installé au volant que la moto vira sur le quai Dietrich dans un hurlement mécanique. Je les pris en chasse, les yeux fixés aux feux, aux reflets des lumières sur le blouson de Michèle, effaçant de ma conscience le code, la signalisation, les priorités, ne protégeant ma vie que de mon seul instinct. Il pila juste avant la montée du Grand Pont, à deux pas de la Légion étrangère, récupéra son casque et pointa le doigt vers l'autre rive. Je garai la voiture devant une église anguleuse et commençai à suivre Michèle de très loin, pour éviter les désagréments douloureux de la veille, hâtant le pas quand sa silhouette se fondait dans l'obscurité, dans la brume, m'arrêtant dès qu'elle redevenait trop précise.

Elle longea tout d'abord le port au charbon et les poutrelles encrassées des grues, des ponts roulants où se lisait encore, en relief dans la fonte, le nom du fabricant : Starlette. Tout à coup elle fit demi-tour, sans raison apparente, traversa la rue et se mit à courir au milieu des stocks de planches, de troncs du port aux bois. Je crus un instant qu'elle m'avait repéré, mais elle ne se retournait pas, n'observait pas la nuit derrière elle. Une fumée humide, lourde, montait d'amoncellements d'écorce en fermentation. Une équipe d'ouvriers, cuissardes plantées dans la vase, protégés par d'amples vêtements en caoutchouc, arrosait les résidus végétaux pour prévenir les explosions. L'eau ruisselait sur les pentes spongieuses, inondait la rue et stagnait entre les traverses du chemin de fer industriel. Michèle suivit les rails, dépassa une maigre forêt. Un bâtiment de trois étages occupait le centre d'une clairière. Des bureaux abandonnés. Au lieu d'obturer les ouvertures, d'occulter fenêtres et portes, on avait choisi une solution plus radicale : les façades avaient été abattues et la construction laissait voir son squelette de planchers, de plafonds, de cloisons graffitées. Michèle se dirigea droit sur l'une des pièces de plain-pied et une négociation semblable à celle de la nuit précédente, dans la cour de la cité Spach, s'engagea avec une sorte de roitelet misérable assis dans un fauteuil défoncé. Les doigts qui tenaient la dope palpèrent le fric.

Et inversement.

Elle revint sur ses pas, d'une démarche plus assurée. Je laissai ma voiture devant l'église et me faufilai derrière Michèle pendant une bonne demi-heure, montant droit sur la place de Hagenau, à l'opposé du port de Strasbourg. Elle tourna sur la droite, à deux cents mètres de la place, et stoppa sur le côté d'un immeuble comme aurait pu en dessiner Offenbach, s'il avait choisi l'architecture et non l'opérette. Une inscription agrémentait le pignon, juste au-dessus des tentures publicitaires d'un restaurant : Palais des Fêtes.

Michèle poussa une porte vitrée et s'engagea dans le vaste hall de l'immeuble. La lumière de la cage d'escalier découpa la façade. Je m'appuyai à un panneau

Decaux vantant les réalisations municipales et allumai une cigarette. J'attendis un quart d'heure et me décidai enfin à entrer quand un couple de vieux, elle le tenant par la main, lui retenant le chien par la laisse, pénétra dans l'entrée. Mes doigts s'agitaient dans ma poche, à la recherche des cigarettes, du briquet, quand un cri aigu s'échappa du « Palais des Fêtes ». Je traversai la rue en courant, et fis irruption dans le hall. Le vieux couple se tenait figé devant l'escalier. Un homme les regardait de ses yeux morts, la tête sur l'arête de la première marche. Son corps nu, courbé, montait sur une dizaine de degrés, et de son ventre ouvert s'échappait un moutonnement de boyaux et de sang. Je réprimai un haut-le-cœur et tirai violemment au passage sur la laisse du chien qui reniflait le carnage.

– Appelez le Samu... Appelez les flics... Remuez-vous !

Le type avait agonisé en descendant les étages, et les dernières traces de sa vie étaient imprimées sur les murs, les dalles, la rambarde. Je grimpai jusqu'au troisième. La traînée sanglante serpentait tout au long du couloir et menait à une porte entrouverte. Loin dans l'appartement une femme chantonnait. J'entrai, tous les sens en éveil, marchant sur un tapis d'ordures, de déchets, de linge sale...

Michèle était assise sur le bord de la baignoire. Elle lacérait une serviette de bain à l'aide d'un rasoir de coiffeur. Le sang séché soudait le manche à sa paume. Elle inclina la tête vers moi, m'entendant venir. La

coke effaçait son regard, les pupilles noyées dans le
rêve. Je m'avançai doucement et posai ma main sur
son épaule. Elle fredonnait toujours sa chanson. Je lui
pris le coupe-chou, avec d'infinies précautions et lui
lavai les mains, les bras, sous le jet de la douche.
   – C'est toi qui l'as tué?
   Elle se mit à rire, un rire démesuré qui me vrilla les
nerfs. Elle m'entraîna dans la salle à manger, enjam-
bant les meubles dépecés et se figea devant une télé
réglée sur un canal vide. Elle se baissa et ramassa une
cassette vidéo qu'elle engagea dans le magasin d'un
magnétoscope crasseux. L'image sautilla avant de se
stabiliser. Un gros plan sur un linge souillé et une plaie
agitée de battements, puis les gants d'un chirurgien,
d'autres doigts plaçant des pinces sur les lèvres de
l'incision... Je voulus parler mais elle me fit signe de
me taire. Le cadrage s'élargit, montrant une salle
d'opération en pleine activité, le ballet des assistants,
des infirmières, autour de l'orifice sanglant par où, à
chaque seconde, pouvait s'échapper la vie. Une voix
off égrenait des chiffres :

*Chaque année les assurances françaises enregistrent
4 000 réclamations liées à des séjours en hôpital. Si
60 % de ces plaintes concernent des chutes, des
dépressions, des bris de lunettes, voire de dentiers,
40 % font suite à un acte médical d'anesthésie ou de
chirurgie. Notons que l'année passée quinze juge-
ments ont donné raison à des patients qui soutenaient
qu'à l'occasion d'une opération, le chirurgien avait
« oublié » un instrument dans leur corps.*

Je désignai la télé.

– Qu'est-ce que ça veut dire?

Michèle vint se blottir contre moi. Des larmes coulaient sur ses joues. Elle parlait en cherchant ses mots.

– Je ne voulais pas lui faire de mal... C'était pour son bien... Il n'arrêtait pas de se repasser cette émission, à longueur de journée... Il hurlait à chaque fois, persuadé qu'on lui avait laissé des pinces ou des ciseaux dans le ventre... Je voulais juste le rassurer, lui montrer qu'il n'y avait rien...

Je l'aidai à se coucher sur la banquette. Elle redescendait lentement en claquant des dents, les ongles enfoncés dans le cuir de l'accoudoir. Dans l'escalier je croisai les infirmiers du Samu. Quand je débouchai dans la rue, les flics arrivaient en fanfare. Les lumières des gyrophares tournoyaient sur les lettres érodées du « Palais des Fêtes ». Je me glissai dans la cabine téléphonique plantée en face, au milieu d'une petite place. Le veilleur de nuit de l'hôtel se décida à décrocher à la quinzième sonnerie. Élisa ne dormait pas.

– Élisa... C'est Alain... J'ai laissé la voiture près du pont d'Anvers, devant une église... Récupère-la et rentre à Paris... J'ai besoin de rester un peu ici... Seul... Je t'expliquerai. Fais-moi confiance...

Elle chialait, elle aussi. D'un coup sa voix prit tout l'espace, entre les murs de verre.

– Tu me laisses tomber, c'est ça? Dis-le que tu as trouvé quelqu'un... Dis-le, aie au moins ce courage...

Je lâchai le combiné. Je m'enfonçai dans la ville tandis que les cris d'Élisa se balançaient au bout de leur fil métallique.

## CINQ SUR CINQ

La 605 noire vint se garer au pied de l'imposant immeuble miroir et le chauffeur fut presque immédiatement debout sur le trottoir, la casquette à la main, afin d'ouvrir la portière à Célia Upton, l'épouse du secrétaire d'État aux Finances. La carrosserie surélevée permit à la jeune femme de quitter l'habitacle sans que l'attention de son serviteur ne puisse monter plus haut que les genoux. Elle tira légèrement sur la veste de son ensemble bleu turquoise et d'un geste harmonieux ramena, du bout des doigts, ses longs cheveux noirs sur ses épaules. Elle leva les yeux vers le ciel pour suivre un vol de moineaux.

– Revenez me prendre d'ici deux heures, Philippe, et n'oubliez surtout pas de passer prendre le gâteau d'anniversaire de ma fille chez Dalloyau.

Ses talons martelèrent les dalles de l'escalier de marbre, et bien qu'elle ait appris à marcher en dominant chacun des mouvements de son corps, à en apprivoiser les ondulations naturelles, la pureté de ses formes attirait tous les regards. Les portes automatiques délivrèrent leur minuscule chuintement pneumatique puis coulissèrent en silence. L'adjoint du directeur général qui l'attendait devant le bureau d'accueil vint à sa rencontre, le visage rayonnant.

– Je suis heureux de vous rencontrer sans écran interposé, madame Upton... M. Garabit vous attend dans son bureau... Vous n'avez pas rencontré trop de difficultés à venir jusqu'à Boulogne-sur-Seine?

Il n'attendait pas de réponse à sa question. Il traversa le hall, la jeune femme à son côté, et s'immobilisa devant un ascenseur qu'il appela au moyen d'une minuscule télécommande. La paroi latérale gauche de la cabine constituée d'une vitre fumée permettait d'admirer, pendant les quarante-cinq secondes que durait l'ascension, les toits de la capitale inondés de soleil et le scintillement du fleuve. Avant d'arriver au sommet du bâtiment, Célia Upton vérifia sa coiffure dans le miroir. Elle cligna discrètement des yeux pour bien humecter les lentilles teintées en turquoise transparent qui ajoutaient une pointe de mystère au charme incroyable émanant de son visage. La porte de l'ascenseur ouvrait directement dans le bureau du président. La pièce occupait en fait toute la surface de l'étage, couverte pour une moitié, aménagée en terrasse paysagée pour l'autre. Un mur image diffusait en simultané une cinquantaine de programmes captés par la parabole blanche camouflée au milieu des arbres et dont la corolle avalait le ciel.

Hubert Garabit, énarque policé et court sur pattes, dirigeait l'antenne de Télé Première depuis trois ans. Ses succès inespérés dans le traitement de la surproduction d'acier et l'ajustement des effectifs à la réalité du marché en avaient fait un homme de recours, et c'est presque naturellement que Canigros, repreneur

de la chaîne et leader mondial de l'alimentation pour
chiens et chats, l'avait choisi pour réorganiser une
entreprise en décadence. Il s'était rapidement adapté à
cette nouvelle industrie, et le passage des hauts four-
neaux aux décors en trompe l'œil, des coulées d'acier
aux images virtuelles, s'était effectué en douceur. La
mise en œuvre de sa philosophie audiovisuelle que l'on
résumait d'une formule : *La soupe pour le plus grand
nombre, les petits fours pour ceux qui restent,* s'était
traduite par une progression fulgurante de l'audience.
Les baromètres hebdomadaires de Médiométrie pla-
çaient systématiquement Télé Première en tête des
chaînes, pour chaque tranche horaire.

Le président contourna le long bureau ovale plus
vide qu'un billard et s'inclina devant Célia Upton en
lui prenant délicatement la main. Il l'invita à prendre
place dans une courbe de la pièce aménagée en salon.
Une femme silencieuse déposa un plateau, café, thé,
biscuits secs sur la table basse et disparut aussi mysté-
rieusement qu'elle était venue. Célia prit place sur le
canapé de cuir tandis que chacun des deux hommes
s'asseyait dans un fauteuil. Elle croisa les jambes.
L'imperceptible feulement de la soie produisit plus
d'effet sur l'énarque qu'une manifestation de sidérur-
gistes en colère. Il respira profondément en se tortil-
lant les mains et sourit bêtement à la cantonade.
L'adjoint se rua sur les tasses et fit le service, donnant
le temps à son supérieur de reprendre ses esprits.

– Tout d'abord, madame Upton, je dois vous dire
que j'ai étudié de près les courbes de décrochage sur le
créneau qui nous intéresse, et qu'il se confirme que le
point faible de notre programmation du dimanche se

situe très exactement entre dix-huit heures quarante-cinq et dix-neuf heures trente...

Célia Upton se pencha pour saisir l'anse de sa tasse.

– Le module de mon émission est de cinquante minutes, monsieur le Président, et cela ne fait que trois quarts d'heure...

– Oui, oui, ne vous inquiétez pas... Je vous expose le contexte... Juste avant, en raison d'accords avec un network californien, nous diffusons un feuilleton américain de faible prestige. *(Il faillit dire « une merguez » comme il qualifiait ce genre de série lors des réunions du mercredi.)* En face, Canal Jeux draine plusieurs millions de téléspectateurs avec le tirage en direct, à dix-neuf heures, de la troisième tranche du Loto. Nous avons négocié avec la Française des paris le droit de faire défiler les numéros gagnants sur l'écran. Est-ce que cela vous pose problème?

– C'est une nécessité absolue, n'est-ce pas?

L'adjoint joua son rôle d'adjoint qui était de prendre sur lui les aspects négatifs de la négociation.

– Oui. Nous sommes persuadés que votre présence et le concept radicalement novateur de votre émission nous permettront de mordre sur la concurrence, mais le pouvoir d'attraction du Loto est indéniable...

Célia aspira quelques gorgées de thé sans sucre.

– Très bien. Je verrai avec mon réalisateur la meilleure manière de concilier mon image avec le banc-titre... Vous avez envisagé d'autres modifications, monsieur Garabit?

Le fait de passer en si peu de temps, dans la bouche sensuelle de Célia Upton, de *monsieur le Président* à *monsieur Garabit* fit rougir jusqu'aux cheveux

l'homme qui avait effacé Longwy de la carte de
France. Il fut à deux doigts de lui demander d'user de
son prénom, Hubert, mais la présence de son adjoint le
retint.

– Non. Pour l'essentiel nous en restons à ce que
nous avions convenu ensemble et qui est consigné dans
le projet de contrat. Et de votre côté?

Célia Upton prit son Filofax et fit tourner les pages
sous son index filiforme. L'ongle rouge comme une
goutte de sang suspendue...

– La réalisation du pilote apportera des améliora-
tions au produit mais cela restera un talk-show autour
d'un invité de large surface médiatique, Depardieu,
Kouchner, Le Pen, Cousteau, Bruel... Le tout rythmé
par cinq inserts de stock-shots abordant les principaux
événements de la semaine écoulée... La coupure publicitaire est toujours de quatre minutes?

– Oui, à moins que le Parlement n'accepte de modifier la loi... Ce n'est pas de mon ressort, malheu-
reusement, mais peut-être pourriez-vous en parler à
votre mari... La publicité *(il pensa « le gras » comme
lors des réunions du mercredi)*, c'est le nerf de la
guerre...

Elle consentit à sourire.

– Je me garde bien de parler télévision à la maison,
en contrepartie nous n'avons pas de discussions d'ordre
politique...

L'adjoint feuilleta les dernières pages du contrat.

– Comme vous avez pu le constater nous avons tenu
compte de vos remarques concernant les conditions
financières de votre collaboration. Vous recevrez l'inté-
gralité de la part producteur et nous vous versons, en

sus, un cachet mensuel de 200 000 francs correspondant à la préparation et la présentation d'une émission hebdomadaire de cinquante minutes. Vous avez des observations?

– Pas sur ces articles, cela me convient. En revanche, j'aimerais qu'il soit précisé à l'avenant du contrat que j'ai le droit de choisir mon réalisateur et que Télé Première met à ma disposition une maquilleuse, une habilleuse personnelles ainsi qu'un véhicule de prestige et son chauffeur...

Le président nota les demandes sur son calepin électronique.

– Il n'y a aucun problème, madame Upton, tout cela va de soi... Encore un peu de thé?

La jeune femme se leva et lissa sa jupe en plaquant ses mains sur son ventre, ses cuisses. Hubert Garabit ravala sa salive.

– Je dois hélas vous quitter, monsieur Garabit. C'est aujourd'hui l'anniversaire de ma fille, et j'ai des obligations envers elle...

Elle ferma les yeux et rejeta la tête en arrière, découvrant une gorge d'une blancheur aveuglante.

– Ça me fait penser que j'oubliais un petit détail... J'aimerais également que quelqu'un puisse s'occuper de Cécilia... L'amener à l'école, suivre ses devoirs... Avec la vie que nous menons, il est impossible d'être aussi présents que des parents ordinaires...

L'adjoint appela l'ascenseur à l'aide de sa télécommande.

– Nous y veillerons, madame Upton, soyez tranquille...

Le chauffeur du ministre attendait au soleil, près de

la 605. Le gâteau de chez Dalloyau était posé sur la banquette arrière, dans sa boîte isotherme. Puis le tout, Peugeot, charlotte aux truffons, conducteur, présentatrice vedette, bas de soie et lentilles teintées, prit le chemin du Vésinet.


L'émission baptisée « Cinq sur cinq » débuta le mois suivant. Le visage de Célia Upton, plus séduisante que jamais, apparut plein cadre. Un mouvement de caméra permit aux téléspectateurs de découvrir sa robe, une création exclusive Kagitomo, dont le camaïeu de bleu s'harmonisait parfaitement avec le décor. Célia cligna des yeux quand les projecteurs donnèrent leur pleine puissance, et l'on put remarquer la légère touche de violet qui teintait son regard sans que l'on se rende compte que cette étrangeté était due à ses lentilles de contact. Elle posa sur la table laquée le stylo Montblanc qu'elle serrait entre ses doigts et fixa la lampe rouge clignotante qui indiquait la prise de vue choisie par le réalisateur. Elle passa furtivement le bout de la langue sur ses lèvres.

— Bonsoir. Pour cette première émission de « Cinq sur cinq » je suis heureuse de recevoir le défenseur des pauvres et des exclus, l'espoir des marginaux... Je vous demande d'applaudir l'abbé Pierre...

# RODÉO D'OR

Sur la tribune dressée au milieu de la cité, le maire d'Épinay-la-Jolie et le représentant du préfet encadraient King Josper, le jeune sculpteur venu tout spécialement du Bronx pour travailler à la phase finale de la réhabilitation du quartier des Poètes. Les costumes sombres des officiels mettaient en valeur son uniforme d'artiste urbain, baskets montantes, jean troué, blouson tagué rehaussé d'étoiles argentées, écharpe palestinienne, casquette rouge à longue visière aux armes des Lakers. Les deux cents personnes rassemblées sur la place Jean-de-La-Fontaine (ex-place Tristan-Tzara) piétinaient au rythme de *Out for ever* des Public Enemy que la sono municipale diffusait en sourdine. Une petite équipe de TV5 filmait la scène. La grande majorité des habitants avait préféré assister, depuis les fenêtres et les balcons des tours et des barres, à l'inauguration de « l'environnement sculptural lumineux » comme l'écrivait dans sa brochure mensuelle l'adjoint à la culture, réalisé par King Josper.

L'éclairage public du quartier s'éteignit à dix heures

précises et la bande originale planante du *Grand Bleu*
remplaça les diatribes des New-Yorkais. Le cercle
hésitant d'un projecteur vint chercher le visage du
maire avant de s'élargir pour mettre en valeur les trois
vedettes de la soirée. Le premier magistrat d'Épinay-
la-Jolie s'avança près du micro et prononça un discours
convenu émaillé de tous les mots-réflexes : défavorisés,
exclusion, intégration, volonté, vie meilleure, ensemble. Il passa la parole à l'envoyé du préfet sur les
applaudissements mort-nés de la clique municipale,
trois formules pour rendre hommage au ministère de la
Ville, puis King Josper profita que ses mâchoires
étaient occupées à mastiquer un chewing-gum pour
saluer l'assistance et lancer vers elle trois phrases que
personne ne se soucia de traduire. Le technicien coupa
l'alimentation du projecteur, plongeant la cité des
Poètes dans l'obscurité totale. Soudain la très intense
lumière bleutée d'un laser prit naissance au milieu de
chacune des petites pelouses plantées au pied de chacun des bâtiments. Les faisceaux, légèrement épa-
nouis, venaient frapper les sculptures de tôle d'un
mètre de hauteur disposées par King Josper à distance
respectable des pignons aveugles que les peintres
avaient recouverts de peinture blanche. Le laser proje-
tait l'ombre démultipliée des silhouettes sur ces écrans
gigantesques. King-Kong grimpait au flanc de la tour
Joachim-du-Bellay (ex-tour Éluard), tandis que Super-
man semblait soulever la barre Paul-Déroulède (ex-
barre Jean-Ristat) et que Zorro griffait la façade du
centre d'animation culturelle Alphonse-de-Lamartine
(ex-cac Aragon). Le groupe de rap de l'École de
maçonnerie industrielle, salopettes orange, pompes de

sécurité, casques de chantier, prit possession de la scène et installa en moins d'un quart d'heure les instruments marqués d'un logo scintillant composé des trois initiales mêlées de son nom : B.T.P. Les médias, les officiels, traduisaient « Bâtiment Travaux Publics », la meute qui suivait le groupe de concert en concert se chargeait d'écrire le sous-titre : « Baise Ton Père. » Les trois reporters de TV5 rangèrent leur matériel et filèrent sur Paris, par l'autoroute A86.

*JEUDI 23 h 30*

Le road-manager des B.T.P. venait juste de fermer la porte arrière du camion. Il s'apprêtait à quitter la cité des Poètes, quand la première B.M.W. noire, tous phares éteints, traversa la place Jean-de-La-Fontaine à pleine vitesse avant de partir en dérapage devant l'entrée du marché Victor-Hugo (ex-halle Francis-Combes). Le second véhicule évita de justesse la sculpture représentant Madonna dont la silhouette trembla au fronton de la résidence Paul-Bourget (ex-centre social Elsa-Triolet). La petite cinquantaine de jeunes qui ne se résolvait pas à quitter le lieu de l'inauguration s'était prudemment rangée derrière les arceaux de sécurité plantés sur les trottoirs. Les conducteurs, le visage dissimulé derrière d'horribles masques en caoutchouc, placèrent les voitures côte à côte et firent rugir les moteurs. Des lumières se rallumèrent dans les étages. Les roues avant patinèrent sur l'asphalte tandis que de la fumée auréolait les pneus arrière. Il ne leur fallut qu'une poignée de secondes pour atteindre la courbe menant au groupe scolaire Alfred-de-Vigny (ex-école Jacques-Prévert) et virer devant la supérette Félix Potin (ex-boutique Comptoir Français). Les pare-chocs frottèrent l'un contre l'autre. Le contact des carrosseries déséquilibra la B.M.W. qui se trouvait sur la droite, l'obligeant à grimper sur le trottoir. Le capot emporta deux barrières de protection dont l'une fit éclater le pare-brise. Le conducteur, contraint à l'abandon, quitta son siège. Son masque évoquait l'un des monstres d'une production Spielberg, *Les vers nous gouvernent*. Il fit le tour de la b.m.w., ouvrit le bouchon du réservoir, alluma un mouchoir à l'aide de son Zippo et enfourna le tissu enflammé dans l'essence. Il s'éloigna posément du véhicule qui explosa moins d'une minute plus tard. Les lueurs de l'incendie effacèrent le musée d'ombres de King Josper.

*VENDREDI* *0 h 30*

Le journaliste de permanence de TV5 avait fini par se lasser du jeu vidéo « Dragon Sex » que Thierry Baudel, envoyé spécial de la chaîne en Thaïlande, lui avait fait parvenir par la valise diplomatique d'un conseiller culturel de l'ambassade auquel il rendait de menus services. Il rêvassait sur l'enculage du virtuel quand le téléphone le tira de son demi-sommeil.

– Oui. Ici Jean-Luc Godillard. Numéro vert de TV5, je vous écoute...

– C'est bien là où on gagne cinq cents francs si on donne une information exclusive...

Le type téléphonait vraisemblablement d'une cabine

car on distinguait des bruits de circulation, le siffle-
ment du vent.

— Oui, vous êtes bien au 05 05 55 55. Pour décrocher la prime, il faut non seulement que ce soit exclu-
sif mais en plus que ce soit intéressant... Qu'est-ce que
vous avez à nous proposer?

Le correspondant se racla la gorge et baissa la voix
comme s'il avait peur d'être surpris.

— Voilà, il y a eu un rodéo dans la cité où j'habite et
les gars ont fait brûler deux voitures de sport...

Jean-Luc Godillard prit une fiche et nota l'heure
d'appel.

— O.K. Ça s'est passé où et quand?

— Les bagnoles brûlent encore. Ils ont commencé
leur cirque juste après l'inauguration des sculptures au
laser de l'Américain, cité des Poètes, à Épinay-la-
Jolie...

— Mais on avait une équipe sur place... Le sujet est
prévu pour le journal de demain midi. Vous ne les avez
pas vus?

— Si, bien sûr... Le problème, c'est qu'ils sont partis
juste avant le concert de B.T.P. et que ça n'a dégénéré
qu'après...

Le journaliste prit le nom et l'adresse de son correspondant, lui assurant qu'il avait gagné les cinq cents
francs et qu'il recevrait son chèque au cours de la
semaine suivante. Il raccrocha et pianota le numéro de
la salle de montage.

— Allô, Yvan? Jean-Luc à l'appareil... Dis, c'est
bien toi qui étais à Épinay?

— Oui, pourquoi?

Il joua avec la fiche, la faisant glisser sur son
bureau.

– Qu'est-ce que tu as ramené de renversant, à part le discours du maire?

– Pas grand-chose... Loïc m'a chiadé un paquet de cadrages sur leurs ombres chinoises géantes. On va surtout garder ces images pour demain. Tu veux venir voir?

– J'ai pas le temps. Laisse tomber le sujet sur l'inauguration; je viens de recevoir un appel vert en provenance de la cité des Poètes. Les voitures crament dans tous les sens. On aura l'air fin si les radios ciblent le rodéo et que TV5, « La Chaîne de l'Info, celle qu'il vous faut », se contente d'une minute trente en rubrique culture... Tu as encore du monde avec toi?

– Non, ils sont tous rentrés. C'est sérieux ton truc?

– Plutôt! Prends une caméra équipée d'un projo, deux cassettes et tout ce que tu trouves comme batteries chargées. On y retourne.


*VENDREDI* 2 h 15


Jean-Luc Godillard et Yvan Chobral arrivèrent aux abords du groupe scolaire Alfred-de-Vigny juste à temps pour enregistrer le départ des voitures de pompiers. Ils interviewèrent le commissaire de police d'Épinay-la-Jolie sur fond de carcasses noircies, dégoulinantes d'eau et de mousse.

– Nous avons affaire à des bandes de casseurs professionnels dont les membres, pour l'essentiel, n'ont rien à voir avec les habitants de cette cité. Au tout début des travaux de réhabilitation, il y a deux ans, nous avons créé une équipe de foot mixte, policiers/

jeunes. Grâce à ces contacts, nous connaissons, de manière permanente, la température du quartier...

Le journaliste tira sur le fil de son micro relié à la caméra qu'Yvan portait sur l'épaule, pour placer la vitrine brisée du Félix Potin dans le cadrage.

– Vous pensez que les incidents sont terminés ou qu'il est possible qu'ils reprennent dans la nuit?

– Mes hommes viennent de patrouiller dans la cité. Ils ont constaté que les éléments extérieurs qui ont profité de la venue de ce groupe de rap, et qui lui sont certainement liés, l'enquête le dira, ont quitté les lieux. Je crois que tout le monde va pouvoir aller se coucher et dormir tranquille.

Les deux reporters montèrent à l'avant de leur Nevada de service. Yvan ouvrit sa fenêtre pour effectuer un long travelling jusqu'à la frontière de la cité. Jean-Luc Godillard roulait au pas, évitant les bouches d'égout, les défauts du revêtement. Soudain le cameraman attira son attention.

– Pss, pss... Vise un peu là-bas, dans le hall du petit bâtiment. On dirait qu'il y a du monde. On va voir.

Le conducteur ne répondit pas. Il se contenta de garer la Renault près d'un socle orphelin de sa statue. Les tags qui avaient envahi le cube gris faisaient paradoxalement ressortir les lettres du nom gravé dans la pierre : Vladimir MAÏAKOWSKI. Ils dépassèrent le local poubelles, contournèrent les boîtes aux lettres pour tomber sur un groupe de cinq Blacks, Blancs, Beurs qui tiraient à tour de rôle sur la Marlboro communautaire. Jean-Luc pénétra dans le hall tandis qu'Yvan demeurait en retrait, le regard vissé sur la voiture dans laquelle il avait laissé sa caméra.

– Salut. On est de la télé...

Ils poussèrent une sorte de grognement collectif. Jean-Luc sortit son paquet de clopes et offrit une tournée de Winston.

– Vous avez assisté à la course de bagnoles tout à l'heure?

Michaël, un jeune Antillais au crâne allongé par une casquette bombée des Redskins, le toisa en rejetant un nuage de fumée.

– Qu'est-ce que ça peut te foutre?

– Beaucoup de choses... On a des images de la cité, de l'inauguration, des carcasses fumantes... Si on peut se faire un peu de son en plus pour que les gens comprennent bien, on boucle notre sujet et on peut retourner au pieu.

Celui qui semblait diriger le groupe, Fred, un grand type blond efflanqué, les épaules à l'étroit dans un blouson élimé, s'avança.

– Tu veux qu'on fasse les ânes, pour avoir du son... D'accord. Mais d'abord, dis-nous ce que tu en penses, toi, de ces courses de béhèmes?

– Je ne sais pas trop... Ça ne me dérange pas, à part pour les gamins qui se précipitent au premier rang. C'est dangereux.

Godillard fut pris à partie par Kaleb, un Kabyle au visage fin et nerveux.

– Espèce d'enfoiré! C'est ta chaîne qui organise le Paris-Dakar et tu oses nous faire la morale? Si tu as des remarques, va les faire aux types qui traversent les villages africains à 200 à l'heure. Ici, on n'a jamais blessé personne.

Le regard de Fred, le grand échalas, se posa sur le

badge « Numéro Vert » que Jean-Luc Godillard avait oublié d'enlever.

– Tu veux qu'on te parle du rodéo de tout à l'heure. C'est du réchauffé. Je crois que je viens d'avoir une meilleure idée...

Yvan Chobral avait fini par entrer dans le hall.

– Laquelle? Si ce n'est pas indiscret...

Le porte-parole du groupe posa son index sur la rondelle métallisée agrafée au revers de la veste de Jean-Luc.

– Si vous avez de la thune, on peut vous organiser une petite séance supplémentaire...

Le journaliste posa une question qui sonnait comme une réponse.

– Quand?

Le blond au blouson étriqué se fendit d'un sourire.

– Un quart d'heure, le temps de trouver une caisse. Comme on est cinq, ça fera cinq mille balles.

Jean-Luc, soucieux des budgets de TV5, essaya sans succès de réduire la note à trois mille. Les deux reporters finirent par racler leurs fonds de poches pour faire l'appoint, et insistèrent pour qu'on s'en tienne au rodéo et que, contrairement à ce qui s'était déroulé plus tôt, les voitures ne soient pas brûlées. Michaël, qui avait filé au début de la négociation, réapparut au volant d'une Golf G.T.I. rouge, suivi de Kaleb dans une Renault Cinq Turbo. Ils s'enveloppèrent la tête dans un foulard, ne laissant qu'une fente pour les yeux.

– Quand vous voulez.

Yvan Chobral avait escaladé le socle vide. Pendant cinq minutes il filma depuis son perchoir les évolutions des deux bolides à travers les rues de la cité. A trois

heures les deux reporters euphoriques rentrèrent sur
Paris.

*VENDREDI  11 h 45*

Les gargouillis de la cafetière électrique pro-
grammable réveillèrent Jean-Luc Godillard. Le montage de l'émission s'était prolongé jusqu'à cinq heures
du matin et il avait besoin d'un bon litre d'arabica
pour remettre la machine en route. Il se fit griller quelques tartines, les beurra puis se sentit assez rassuré
pour s'ouvrir au monde. Son pouce fit pression sur la
télécommande de la radio. Le flash venait de se termi-
ner et il dut subir cinq minutes de sujets « people » de
France Info, expos à ne pas louper, maladies à ne pas
attraper, carnet du snob de service, avant d'entendre le
jingle du journal. Le Vatican venait de reconnaître
l'Ossétie du Sud et la république des Tchétchènes, ce
qui entraînait une vigoureuse protestation commune
des organisations indépendantistes d'Irlande du Nord,
de Corse et du Pays basque. Un avocat, s'appuyant sur
la législation qui protégeait le consommateur de la
publicité mensongère, intentait une action en justice
contre le président de la République pour non-tenue de
promesses électorales. L'annonce du dernier papier le
sortit d'un coup de sa torpeur : « Malaise des banlieues, un mort cette nuit à Épinay-la-Jolie. »
   *La fête organisée par la municipalité pour marquer
la fin des travaux de réhabilitation de la cité des
Poètes d'Épinay-la-Jolie s'est terminée tragiquement
ce matin aux alentours de trois heures trente. Après un*

*premier rodéo au cours duquel deux voitures volées*
*avaient été incendiées, les policiers alertés par des*
*habitants ont dressé un barrage à l'entrée du chantier*
*de la Francilienne qui sert régulièrement de piste de*
*vitesse aux jeunes de la région. Une Golf G.T.I. a,*
*selon les premières informations, foncé sur les poli-*
*ciers qui ont ouvert le feu. Le conducteur, un mineur*
*prénommé Michaël, a été tué sur le coup.*

Il s'habilla sans prendre le temps de se laver, appela
un taxi pour ne pas perdre une seule minute à la
recherche d'une place de stationnement et s'engouffra
dans l'immeuble de TV5, oubliant même de réclamer
la monnaie sur son billet de cent. Il récupéra la cassette du reportage tourné la nuit précédente malgré les
récriminations du secrétaire de rédaction qui avait
peur de bousculer le journal de la mi-journée. La salle
de montage était libre. Il enclencha le boîtier dans un
magnétoscope et fit défiler les images en accéléré. Il
inversa les séquences afin de mettre les carcasses
fumantes après le rodéo. Il ajusta ensuite le com-
mentaire, laissant entendre que l'épave représentait la
Golf G.T.I. dans laquelle avait péri le jeune Michaël.
Le sujet, titré « La mort, cité des Poètes », eut un
retentissement considérable. Il fut acheté par une
dizaine de télés étrangères et collectionna une impressionnante liste de distinctions dans les Festivals du
Réel.

UN SAMEDI, TROIS MOIS PLUS TARD. *21 h 45*

Guy Lux traversa la scène du théâtre de l'Empire
pour accueillir Paul Amar qui joggait sur l'allée cen-

trale. Jack Lang s'assura que personne ne le regardait
pour s'autoriser à bâiller. Il se fit la réflexion qu'il bâil-
lait de plus en plus fréquemment lors de la cérémonie
de remise des Sept d'Or, et qu'à chaque fois que les
maxillaires le démangeaient, personne ne posait le
moindre regard sur lui. Un doute l'effleura : et s'il en
était toujours de même ? Il chassa cette pensée dépri-
mante pour fixer son attention sur le déhanchement du
présentateur de Soir 3 qui suivit Guy Lux jusqu'à un
pupitre que seuls les décorateurs de la S.F.P. pouvaient concevoir. C'était la plus harmonieuse synthèse
possible entre le sas du vaisseau de *Star Trek* et un
godemiché géant. Paul Amar prit place derrière le
panneau décoré de deux Sept d'Or entrecroisés. Guy
Lux crachota dans son micro pour en vérifier le bon
fonctionnement. Il lut son papier, dans la plus parfaite
indifférence.

— Les journalistes nominés pour le Sept d'Or du
meilleur reportage d'investigation sont : Jean-Marie
Cavada pour « Dans les coulisses de la 3 », Bernard
Benyamin pour « Les oiseaux de la mer d'Aral », et
Jean-Luc Godillard pour « La mort, cité des Poètes ».

Paul Amar déchira l'enveloppe en rougissant.

— Le vainqueur est... Jean-Luc Godillard pour « La
mort, cité des Poètes ».

Les invités applaudirent poliment tandis que les
images du rodéo étaient projetées sur le mur écran. Le
journaliste de TV5 grimpa à son tour sur le podium
pour recevoir sa sculpture scintillante. Il remercia une
douzaine de personnes, « sans lesquelles je ne serais
pas devenu ce que je suis » et retourna écouter les battements de son cœur, lové dans son fauteuil-coquille.

Jean-Luc Godillard ne s'était pas éternisé devant les tables dressées dans les coulisses. Il avait fourré son Sept d'Or dans un sac plastique et salué les incontournables sans lesquels il ne resterait pas longtemps ce qu'il était devenu. Il descendait l'avenue de Wagram à pied en direction de la place des Ternes quand il eut conscience d'une présence dans son dos. Il ralentit l'allure, prêt à se retourner mais les deux types s'étaient déjà portés à sa hauteur. Il sentit qu'on lui appliquait la pointe d'un couteau sur le flanc.

— Fais pas le con, marche comme si de rien n'était. Ta bagnole est garée où?

Il donna un coup de menton en direction d'une X.M. grise.

— C'est la Citroën.

Kaleb prit les clefs dans la poche du journaliste qu'il obligea à monter à l'arrière. Fred, le blond interminable, s'installa au volant après avoir récupéré les papiers. A l'euphorie anesthésiante de la remise du Sept succédait la peur la plus viscérale, la plus primaire. Godillard se mit à trembler.

— Michaël, j'y suis pour rien... On était partis depuis longtemps quand il a foncé sur les flics...

Kaleb le titilla de la pointe du cran d'arrêt.

— Ta gueule, on t'a déjà assez entendu comme ça à la télé.

Le journaliste réprima les sanglots qui l'oppressaient. La voiture quitta le périphérique, bifurqua sur la A86, et le voyage se poursuivit dans un silence total.

Ils franchirent les limites d'Épinay-la-Jolie un peu
avant une heure du matin, le dimanche. Fred arrêta la
X.M. devant l'entrée du cimetière Paul-Valéry (ex-
cimetière Pierre-Gamarra). Au loin les contours lumineux des statues projetées aux frontons des immeubles
de la cité des Poètes se découpaient sur le ciel noir.
Kaleb arracha le sac plastique des mains de Jean-Luc
Godillard. Fred ouvrit la serrure de la grille du cimetière, à l'aide d'un passe. Ils durent traîner le journaliste qui hurlait, refusant d'avancer. La cloche de
l'église sonna quand ils arrivèrent devant la sépulture
de Michaël. Kaleb plongea la main dans le sac et brandit le Sept d'Or devant les yeux de Godillard.

– Prends-le et pose-le sur sa tombe... C'est à lui et à
personne d'autre.

# TIRAGE DANS LE GRATTAGE

Cyrille acheta deux paires de bas, taille large, chez le soldeur de la place des Certaux ainsi qu'une grosse boîte de couches pour adultes incontinents à la pharmacie Dutilleux. Il poussa jusqu'au carrefour des Innocents, par la voie piétonne. Tout avait l'air normal. Il revint sur ses pas et cligna de l'œil, rassurant, en direction de Stan qui le questionnait du regard de l'arrière de la 605. Il se laissa tomber dans le fauteuil plein cuir, près de Norbert, le conducteur, glissa le paquet à ses pieds et déchira à l'aide de ses dents la cellophane protégeant les bas. Les trois hommes en glissèrent chacun un dans leur poche. Norbert fila un coup, du bout de sa chaussure, dans les couches.

— Qu'est-ce que tu veux foutre avec ça? Tu as peur de faire dans ton froc?

Cyrille respira profondément. Stan partit d'un rire nerveux, mais se calma au premier mot. Il n'avait jamais réussi à se faire à cette voix grave, à ce ton posé, presque sentencieux... Une voix de serpent... même si ça n'existait pas, c'est à ça qu'il pensait en écoutant Cyrille, à une voix de serpent.

— T'occupe, tout ce qui se passe à l'intérieur, ça me

regarde. Pour le moment contente-toi de respecter le timing, tu auras les réponses à toutes tes questions plus tard.

A dix heures moins cinq la Peugeot déboîta et fit lentement le tour du secteur piéton pour venir se garer à l'extrémité de l'avenue Lemelle, le capot pointant sur la place des Innocents. Norbert descendit alimenter le parcmètre en monnaie et retourna à son poste. Cyrille et Stan grimpaient déjà les marches de pierre de la banque Gravelot. Ils pénétrèrent dans le sas et enfilèrent un bas sur leur visage au moment précis où le système électronique déclenchait l'ouverture de la deuxième porte. Stan contourna la table pleine de prospectus et se jeta sur l'hôtesse d'accueil, lui braquant son Magnum sur la tempe. Dans la même fraction de seconde Cyrille s'était précipité vers la caisse. Il brandit la gueule énorme de son pistolet lance-fusées contre la vitre pare-balles. Les bastos de 37 mm de son Webley étaient aussi efficaces qu'un marteau piqueur. Le caissier dut s'en rendre compte car il écarta son pied de la sonnette d'alarme et leva les mains au ciel.

Stan traîna l'hôtesse au milieu de la salle d'attente. Il déchira le paquet de protections pour adultes et lui ordonna d'attacher une couche-culotte autour de la tête des employés et des cinq clients présents. Elle s'acquitta de sa tâche en tremblant tandis que Cyrille qui s'était fait ouvrir le coffre, remplissait son sac de voyage de coupures de cinq cents francs. Deux minutes plus tard les deux casseurs refluèrent vers la sortie après avoir sommé les têtes de carnaval de se tourner contre le mur. Dès qu'il les vit émerger, Norbert fit glisser le bas sur ses traits. Il mit le moteur en

route et enclencha la première. Les deux portières cla-
quèrent avec un bel ensemble et la 605 traversa le carrefour pour s'engager sur le boulevard Etcheto qui
menait directement à l'entrée de l'autoroute.

Ils prirent place dans le flot de vacanciers qui se
dirigeaient vers les plages et sortirent au premier
péage. Ils roulèrent encore quelques kilomètres avant
d'apercevoir leur gîte rural, une fermette de trois
pièces à l'écart du village de Saint-Esquirol, que Stan
avait loué par téléphone, deux mois plus tôt. Norbert
laissa le passage à une famille de cyclotouristes et
contourna la maison pour dissimuler la voiture du
hold-up aux yeux des curieux. Ils entrèrent dans la cuisine par la porte du cellier. Cyrille souleva le sac de
voyage pour le poser sur la large table de campagne. Il
fit glisser la fermeture Éclair et renversa les billets sur
le bois. Stan, les larmes aux yeux, s'était immobilisé.

– Il y a au moins cinquante briques...

Les mains de Norbert s'agitaient déjà dans les coupures. Une liasse à l'endroit, une liasse à l'envers. Ils
vidèrent une bouteille de Ruynart pour fêter les cinquante premiers millions et sa jumelle pour les trente
suivants. Stan passait en revue toutes les façons de
dépenser sa part au plus vite, bagnoles, voyages, filles,
fêtes... Cyrille lui remit les idées en place.

– Écoute, tu feras tout ce que tu voudras dans
quinze jours, quand nous serons à l'abri. D'ici là, on
s'enterre comme des ermites dans ce trou et on sort
juste ce qu'il faut pour que les gens du coin ne nous
croient pas morts. Déjà que ça doit faire jaser, trois
mecs dans une villa...

L'attaque de la banque Gravelot fut annoncée au

journal de treize heures d'Antenne 2. Le reporter insistait sur la cruauté des gangsters : l'un des clients pris en otage avait failli mourir étouffé par sa couche-culotte. Le directeur de l'agence estima le montant du vol à plus de cent millions. Norbert bondit de son siège.

— Écoute-le, cet enculé! Il en profite au passage pour prendre vingt briques de plus aux assurances... On me l'aurait dit, je l'aurais pas cru!

Cyrille le fit taire.

— Attends une minute, c'est toujours important de comprendre comment ils réagissent, au début.

L'objectif de la caméra s'était concentré sur le visage du directeur.

— C'est la première fois dans l'histoire pourtant centenaire des établissements Gravelot qu'une de nos agences est attaquée, et croyez bien que je mettrai tout en œuvre pour que ce soit également la dernière. Je viens de consulter le président du conseil d'administration, et il approuve ma décision d'offrir une prime de vingt millions de centimes à quiconque donnera des renseignements conduisant à l'arrestation des voleurs.

Cyrille se tourna vers Norbert.

— Voilà à quoi elles vont servir les vingt patates supplémentaires, à faire baver le populo. Vous êtes prévenus les gars, la chasse est ouverte, c'est plus des tronches qu'on a, mais des billes de loto!

Ils tuèrent le temps jusqu'au soir en mangeant des grillades, en jouant aux tarots, et surtout en regardant une partie du lot de cassettes vidéo que Stan avait amenées quand on lui avait signalé que le gîte venait d'être classé « quatre épis » grâce au magnétoscope

récemment installé par les propriétaires. *Rocky IV,*
*Scarface, Le Cercle des poètes disparus*, dans l'ordre...
Le journal du soir rediffusa la déclaration du directeur. Sa proposition fut approuvée, en direct, par le
commissaire en charge de l'enquête qui, pressé par le
journaliste, admit que le coup avait été minutieuse-
ment préparé, « un modèle du genre » selon son expres-
sion, et qu'il pensait que le « Trio Pamper's » avait
sûrement profité de la ruée sur les plages languedo-
ciennes pour passer en Espagne.

Ils se couchèrent tôt, les nerfs soudain dénoués après
plusieurs semaines de veilles, de filatures, de répéti-
tions, d'angoisse. Ce fut Stan qui se réveilla le premier,
vers neuf heures du matin. Il se précipita dans la cave,
impatient de mettre ses rêves en accord avec la réalité.
Il ouvrit la grosse poubelle métallique dans laquelle ils
avaient rangé le magot, et se mit à rire, les mains plon-
gées dans les billets. C'est le cœur en fête qu'il
remonta préparer le petit déjeuner. Cyrille et Norbert
débarquèrent en traînant les pieds alors qu'il sortait les
toasts du grille-pain. Il augmenta le son de la radio.
*Shake it Baby...* Le tempo de John Lee Hooker, blues-
man du fond des âges, leur redonna un peu d'entrain
avant que la voix perde de son volume et s'efface derrière un crachotis de fréquences. Stan remua le transistor en tous sens.

– C'est les piles... Et on n'en a pas de rechange !

Cyrille se contenta de boire le fond d'un bol de café.
Il s'habilla en vacancier flemmard, jean, chemisette,
tongues, et prit la mobylette pour aller faire les courses
à Pinel-le-Grand, un village situé après la forêt, à
l'opposé de Saint-Esquirol où il valait mieux éviter de

trop se montrer. A hauteur de la station-service des
ouvriers installaient une banderole annonçant le programme des festivités du 14-Juillet. Un bouquet de
drapeaux tricolores tapissait le fond de la benne de
leur camion. La caissière de la supérette Casino, une
femme tellement sèche que Cyrille ne put s'empêcher
de penser qu'il s'agissait de l'épouse de Justin Bridou,
officiait depuis son perchoir, une chaise de dactylo
réglée à la hauteur maximum. Il renversa son casque
dont il s'était servi comme d'un panier sur le tapis rou-
lant et, l'air de rien, décrocha trois titres du présen-
toir : *France-Soir* ainsi que les deux journaux régionaux. Les longs doigts nerveux de la gérante
frappèrent les touches de la machine comme des becs
de poule picorant du grain. Cyrille fit une pause au
milieu de la forêt, à l'écart de la route, dans une clairière aménagée en aire de pique-nique. *Le Courrier du
Comtat* et *Vaucluse-Matin* reprenaient en première
page les dépêches de l'A.F.P. qu'ils assaisonnaient à
leur propre sauce, passéiste pour le premier, sécuri-
taire pour le second. Si *France-Soir* reléguait le casse
en page cinq, le court article qu'il consacrait au
hold-up avait le mérite d'être « fait maison ».

### LE TRIO PAMPER'S VICTIME D'UNE FUITE ?

*Contrairement à ce qu'avançaient les enquêteurs
juste après le vol à main armée dont a été victime
l'agence vauclusienne de la banque Gravelot, les malfaiteurs, dont le chef serait d'ores et déjà identifié,
n'auraient pas quitté le territoire français et se cache-
raient dans la région avec les cent millions de cen-*

*times prélevés dans le coffre. Le montant exceptionnel*
*de la prime de vingt millions offerte par la direction*
*du groupe bancaire ne semble pas étranger à l'afflux*
*de renseignements qui arrivent à la police.*

Cyrille déchira le journal et en dispersa les morceaux dans les taillis. Il coupa à travers les bois pour
rattraper le chemin de terre qui passait derrière la fermette. Il freina au sommet d'une butte en apercevant
le mur bleu nuit des camionnettes de gendarmerie qui
enserraient le gîte. En clignant des yeux il crut
reconnaître les silhouettes de Stan et Norbert qu'on
emmenait vers un fourgon. Allongé entre deux rangs
de vignes il attendit que le convoi reparte vers Saint-
Esquirol, par la départementale, avant d'aller se
mettre à l'abri dans la forêt. Cyrille fit l'inventaire de
tout ce qu'il lui restait : une mobylette, un casque, un
automatique, deux litres de mélange, trente-deux
francs, quatre piles LR6, deux canards régionaux, une
boîte de ravioli et trois paquets de clopes. Il patienta
jusqu'au milieu de l'après-midi pour déchiqueter le
couvercle de la conserve à l'aide d'une pierre et manger les pâtes figées dans leur sauce en les pêchant à
l'aide d'un morceau de bois. Il dormit dans un creux
de terrain, protégé du froid nocturne par les feuilles
des journaux sur lesquelles il avait disposé des bran-
ches de cerisier. Au matin, la faim le poussa vers
Saint-Esquirol. Il s'assit au fond de la salle du tabac, à
une table qui restait dans l'obscurité et commanda un
café et des tartines. Il se mit à manger lentement, avec
application, comme si cela avait la vertu de décupler le
pouvoir énergétique des aliments. Il dressa l'oreille en

surprenant quelques mots d'une conversation, derrière
lui, et se retourna discrètement. Deux paysans dis-
cutaient de l'irruption des flics, la veille, chez Anaïs.
Celui qui parlait porta son verre à sa bouche puis le
reposa sans y avoir trempé les lèvres. Il se pencha.

– A ce qui se dit, ils n'ont pas tout retrouvé de
l'argent... Il manquait vingt ou trente millions... Il
paraît que c'est le dernier gangster qui est parti avec...
Moi, je ne suis pas dans le secret des dieux, mais
quand un type vous lâche avec sa part et que la police
arrive une heure après, je dis que c'est pas catho-
lique... Si tu veux mon avis, c'est lui qui les a donnés.

L'autre haussa les épaules.

– Ça arrive peut-être, mais là, je peux te dire que tu
te fous le doigt dans l'œil! Je sais qui a causé pour
empocher la prime...

Cyrille retint son souffle.

– Qui c'est?

L'autre fit durer le suspense en vidant son verre
jusqu'à la dernière goutte.

– Tu connais le père Chassagne...

– Oui, celui qui habite dans l'ancienne bergerie de
Chorcat, avant le petit barrage... Je me méfie de lui, il
ne parle jamais à personne mais il est toujours en train
de traîner...

– Justement! Eh bien, figure-toi qu'hier soir en
revenant de vérifier mes filets à la rivière, je suis passé
comme d'habitude au ras de ses fenêtres. Je ne sais pas
ce qui m'a pris mais je me suis arrêté pour regarder à
l'intérieur... Il me tournait le dos, assis à sa table, et
comptait des liasses de billets neufs. J'en ai jamais
autant vu de ma vie...

Cyrille laissa treize francs près de la tasse vide et s'enfonça le casque sur la tête avant de sortir du recoin obscur. Il enfourcha la mobylette. Lors des repérages il avait souvent vu les panneaux qui indiquaient la direction de Chorcat. Il se souvenait même avoir traversé le village, dix maisons serrées autour d'une église courtaude. La maçonnerie claire du barrage se distinguait à travers un rideau de peupliers. Une rivière prenait naissance après la retenue et son cours venait frôler une maison basse enfouie dans la végétation. Il abandonna la mobylette dans le fossé, à l'abri des regards, et s'approcha de la bergerie. Le vieux était seul. Il grattait des pommes de terre avant de les jeter dans une marmite accrochée à la crémaillère de la cheminée. Cyrille se décida d'un coup. Sa main se referma sur la crosse du pistolet. Son pied frappa la porte, faisant voler le verrou. Le père Chassagne, plus valide qu'il ne l'avait pensé, faisait face, son couteau à la main.

– Qu'est-ce que vous voulez?

– Tu sais bien ce que je viens chercher, espèce de donneuse! Donne-moi le fric, je suis pressé...

Le vieux fit semblant de capituler et d'aller vers la chambre. Soudain il baissa la tête et se mit à courir droit sur Cyrille, le couteau pointé en avant. L'automatique claqua par deux fois. Le rescapé du Trio Pamper's s'approcha de la fenêtre pour vérifier que les coups de feu n'avaient pas été entendus. Après avoir renversé tiroirs et étagères, il trouva l'argent que Chassagne avait jeté en vrac dans un sac de chez Auchan et dissimulé derrière une barrique de vin.

A Paris, Pierre Noirobed, l'animateur du jeu « Le Million », se détendait dans sa loge en compagnie de Fabrice, son assistant. Dans le coin supérieur, au-dessus du miroir, une petite télé diffusait le journal. Il suait sang et eau depuis le matin pour trouver de quoi alimenter son quart d'heure hebdomadaire. Huit heures de boulot pour enregistrer dix candidats endimanchés, plus tartes les uns que les autres. Ils avaient fait tourner la roue, empoché entre vingt et cent bâtons mais ce n'est pas pour ça qu'ils étaient devenus plus intelligents! Le mois précédent, devant la médiocrité des gagnants, la production avait décidé de remettre à chacun une cassette vidéo de son exploit en échange d'une signature au bas d'une lettre qui spécifiait que le passage à l'antenne n'était pas obligatoire. Il se rejeta en arrière pour faire rouler les dernières gouttes de son Perrier menthe et se redressa en voyant le visage du père Chassagne sur l'écran. Fabrice monta le son au maximum.

*La région du Comtat occupe ces jours-ci la une de l'actualité. Après le hold-up de la banque Gravelot et l'arrestation de deux des malfaiteurs dans une fermette de Saint-Esquirol, c'est au tour du petit village de Chorcat de faire parler de lui. C'est en effet en début d'après-midi que des vacanciers, intrigués par la porte défoncée d'une bergerie, ont découvert le cadavre de l'occupant des lieux. Ce dernier, M. Chassagne, vivait dans un état proche de la misère et les gendarmes orientent leurs recherches vers les marginaux, les rôdeurs qui envahissent la région aux beaux jours.*

Pierre Noirobed serra les poings.

— Putain, pour une fois qu'on avait un vieux qui crevait l'écran, il faut qu'on nous le flingue!

Fabrice se prit la tête entre les mains.

— Il n'aura pas profité longtemps des trente briques qu'il avait gagnées la semaine dernière... Qu'est-ce qu'on fait de son tour de roue, on le garde quand même pour l'émission de demain?

— Non, tu me fous tout à la poubelle. Il y a dix millions de types qui grattent un billet chaque semaine pour passer à la télé... Ils ne sont pas cons au point de continuer si c'est dans la rubrique des faits divers.

# LES ALLUMEUSES SUÉDOISES

Jacques Vidal a tourné une heure dans le quartier Poissonnière, avalé trois cafés, acheté *Le Monde* et lu les articles sur les événements d'Algérie (ça barde dans le Constantinois) avant de se décider, d'un coup, à venir coller son nez à la vitrine. Une série de photos banales, un panneau répertoriant les critiques parues lors de la sortie du film, cinq ans plus tôt : *Harriet Andersson n'est pas une révélation puisqu'elle se déshabille aussi souvent que Martine Carol* (Combat), *Ici la passion se traduit par l'exposition non voilée des charmes de la jeune personne* (L'Aurore), *Sous prétexte d'un « retour à la nature » on n'hésite pas à nous montrer des images qu'il faudrait avoir beaucoup d'indulgence pour ne pas qualifier de pornographiques* (Radiocinéma). Le calicot rameute les amateurs en faisant claquer le titre du film « *Monika et le désir*, interdit aux moins de dix-huit ans ». Il faut plisser les yeux pour lire le nom du réalisateur, Ingmar Bergman. Une affichette manuscrite mal scotchée sur un pilier bat au rythme du vent de novembre : *Par le réalisateur du « Port des filles perdues », de « L'Attente des femmes », et de « Une leçon d'amour* ». Jacques Vidal a senti les regards des passants qui pèsent sur son dos, la sueur perle à son front, malgré le froid. Il s'est dirigé vers la petite file d'attente, les yeux baissés sur ses chaussures, et s'est plongé dans le journal. Pourvu qu'on ne lui demande pas son âge... Il ne s'aperçoit pas qu'il est seul devant le guichet. La caissière, même tête fourbue de dealeuse de rêve que sa collègue vendeuse de billets de Loterie nationale rue des Martyrs, l'a tiré de son refuge imprimé.

— Alors vous entrez ou vous restez dehors? Faut se décider!

Jacques Vidal a rougi, posé une pièce de cinq francs argentée et ramassé le petit carré échancré qui lui promet une heure et demie de bonheur. Il lui faut encore franchir le péage de la placeuse, vingt centimes dans l'obscurité, avant de s'installer dans le fauteuil. Il n'a jamais entendu parler du livre de Fogelström à l'origine du scénario. Il ne voit pas la misère ouvrière de Stockholm, la femme s'échinant sur le linge, le père ivre se cognant aux murs. Ne s'inscrivent dans sa mémoire que les images qu'il est venu chercher dans la salle du Midi-Minuit : la main remontant sous la jupe, le regard lassé de Monika, les baignades au soleil d'été, les seins mouillés, frémissants. La nudité finale d'Harriet Andersson...

Quand il est sorti les premiers néons maquillaient de bleu les pavés du boulevard. Il a fait vingt mètres et s'est jeté dans l'anonymat du café-tabac, juste avant la cantine de *L'Humanité*. Un homme l'a abordé qui dit s'appeler Paul-Louis, il a commandé un grog au cognac. Il imite Michel Simon à la perfection et parle cinéma sans fin, assurant les questions et les réponses.

– **Drôle** de plaisir que le Midi-Minuit! Venir ainsi, dans une salle obscure, se faire tripoter les imaginations par des imitateurs de fantômes... (*La réplique prend les accents approximatifs de Julien Carette.*) Voyons, voyons, ne jouez pas les naïfs. Tout le monde aime cela. Même la pieuvre aime qu'on la chatouille... C'est de Daumal, vous connaissez?

Jacques Vidal but sa tasse d'un trait en se promettant de ne plus mettre les pieds dans le quartier. Les mois suivants il se procura *Ciné-Revue* et prit ses habitudes au Cinévog Saint-Lazare. La salle se remplit et se vide au rythme des arrivées des trains. Il dut endurer des dizaines de films naturistes embarrassés d'interminables reportages touristiques pour une bobine qui soit à la hauteur du titrage. C'est là qu'il découvrit la fabuleuse Essy Persson dans *Je suis une femme* de Mac Ahlberg. L'histoire de Siv, une jeune infirmière de Copenhague révoltée contre ses parents et séduite par l'un des malades placés sous sa surveillance, ne le transporta pas d'enthousiasme. En revanche il fut séduit par ses blouses blanches entrebâillées, son acceptation des jeux érotiques, l'utilisation curieuse du matériel médical même s'il n'acceptait pas encore le refus de Siv, lors de la dernière scène, de troquer le blanc de la blouse contre celui de la robe de mariée... En 1966 il assista cinq fois de suite à la projection de *Sophie de 6 à 9* qu'il revit trois ans plus tard, au Lord Byron, retitré moins mathématiquement *Sensuellement suédoise*.

Il eût été fort étonné d'apprendre que le réalisateur, Henning Carlsen, disciple d'Alain Resnais, avait intitulé son film *Mennesker mdes og sod musik Opstaar I*

*Hjertet*, approximativement : *Des êtres se rencontrent
et une musique douce emplit leur cœur...*

Il eut la chance de ne pas louper une *Carmen Baby*
danoise, librement inspirée de Prosper Mérimée, et
une adaptation érotique suédoise de *Thérèse et Isa-
belle* de Violette Leduc avec Essy Persson filmée par
une femme cinéaste, Maï Zetterling. Les kiosquiers
des places Blanche, Clichy, Pigalle et d'Anvers
commencèrent à descendre les revues spécialisées
accrochées à l'aide de pinces à linge aux fils les plus
hauts de leurs présentoirs. La clientèle relevait la tête.
C'est grâce à l'une d'elles que Jacques Vidal apprit la
sortie des deux versions de *Je suis curieuse* de Vilgot
Sjöman. Une jaune et une bleue en hommage dérisoire
au drapeau suédois. Il se délecta au spectacle de Léna
faisant l'amour devant le Palais royal de Stockholm
sans savoir que la musique accompagnant le va-et-
vient de la sentinelle impavide n'était autre que
l'hymne national suédois. Une sorte de *Marseillaise
moi non plus* en reggae... Il sourit quand Léna
annonce, amusée, à Börje son nouvel amant qu'il porte
le dossard n° 24. Jacques Vidal se sentit bien dans sa
peau, pour la première fois dans cette salle en contem-
plant les scènes d'amour filmées comme une activité
naturelle dénuée de tout péché. Il supporta les inter-
ventions inopportunes de Olof Palme, ministre de
l'Éducation nationale, donnant son point de vue sur
l'éducation sexuelle, du poète soviétique Evtouchenko
vantant les mérites du socialisme, des tirades sur la
bombe atomique, le Vietnam, le pacifisme... La
Femme ne lui faisait plus peur, elle conduisait les jeux
érotiques avec science, sûreté. L'amour était soudain

débarrassé de tout le fatras psychologique, de toutes les tortures que s'infligeaient les personnages avant de se joindre.

Il s'en fit la réflexion bien plus tard, mais cette fois il ne pensa pas un instant à sa mère... Le péché et la mère engloutis, il ne vivait que pour Léna la Curieuse qui voulait tout savoir sur l'avortement, les produits contraceptifs, les caresses, la jouissance. Il sortit ébranlé du Bonaparte, s'interrogeant sur le rêve final de Léna au cours duquel elle accorde ses faveurs à tous les membres de l'équipe de foot de Mariannelund avant de châtrer son amant infidèle, Börje. De même qu'il se souvint des mois entiers de la réflexion de Britt se refusant à son partenaire Björn, dans *Le Péché suédois* : « Non, je ne veux pas faire l'amour avec toi, je ne pourrai jamais parce que tu trouves que c'est une chose laide, honteuse... » Il se permit de rire à l'unisson des autres spectateurs quand la commission de censure habilla le bas-ventre des héros de *Elle veut tout savoir* d'une bande noire du plus pitoyable effet. Jacques Vidal connut le summum du bonheur avec *Sous les caresses du vent nu* de Hoglund. L'attente du printemps suédois, le recul des ténèbres hivernales et la présence violente, envoûtante, de la nature transfiguraient les scènes d'amour faisant du film un incomparable hymne à la vie. Il ne mit jamais les pieds en Suède, ne montant pas plus haut qu'Amsterdam où il fit le tour des sex-shops dont on ne faisait que parler en France, emplissant son sac à dos de revues hard qu'un douanier égrillard ne manquera pas de saisir au poste frontière.

Il se maria trois ans plus tard avec une petite Ita-

lienne, brune aux cheveux bouclés, rencontrée lors
d'un bal de 14-Juillet à la Contrescarpe. Leur fille,
Eva, naquit en 1975. Jacques Vidal ne manquait pas
une seule manifestation cinématographique du Centre
culturel suédois, et l'alibi institutionnel lui permit de
voir, sa femme à ses côtés, *Jeux de nuit* et *Troll* de
Vilgot Sjöman sorti en salle sous le titre *Fais donc
l'amour, on n'en meurt pas...* Le porno cru l'éloigna du
circuit, et bientôt il ne se risqua plus à rôder devant les
calicots. Il s'abonna à une revue cinéma bon chic bon
genre qui ne dédaignait pas chroniquer la litanie des
films en « euse » : grimpeuse, triqueuse, pompeuse,
nicheuse, monteuse, ouvreuse. Alors, heureuse ? Il ne
renouvela pas l'abonnement quand le critique décorti-
qua *Langues chaudes* en commençant de la manière
suivante :

| | |
|---|---|
| 2F | Rôle initiateur de l'école par détour-nement et renverse-ment des rapports |
| Salle de classe : 4F + 1H | maîtres/élèves (nom-bre impair posé comme anormal : « je viendrai avec un |
| 1H + 2F | copain »). |

Un dimanche soir de juin 1991 Jacques Vidal rentra
assez tard d'un séminaire informatique organisé par
l'entreprise. Sa femme était couchée et sa fille, Eva,
regardait la télé en grignotant du chocolat. Il se débar-

rassa de sa veste et de son attaché-case et l'embrassa
en regardant distraitement l'écran. Il reçut l'image
comme un coup de poing en plein ventre : Harriet
Andersson promenait ses seins nus, humides, impu-
diques, provoquant le désir de Lars Ekborg. Il prit la
télécommande et zappa sur la Une.

— Mais, papa, qu'est-ce que tu fais?

Il bafouilla.

— Je t'interdis de regarder les saletés de Canal +!
N'importe comment je suis décidé à arrêter l'abonnement...

Eva le regarda, interloquée.

— Tu délires ou quoi? J'étais sur FR3, ils ont programmé une rétrospective Bergman. C'est super, ça
s'appelle *Monika*...

## POURSUITE TRIVIALE

La veille le score journalier des Fournier s'élevait à vingt-cinq mille trois cent deux points et ils avaient donc gagné le droit de dormir six heures et douze minutes chacun. Les voisins qui, une fois de plus, avaient complètement loupé leur journée et ne disposaient que de deux heures de repos par personne, avec un total ridicule de huit mille cinquante points, s'étaient relayés devant leur mur-écran jusqu'au petit matin, le bouton de l'effet sunseround au maximum, les empêchant de profiter pleinement de leur nuit. Ils s'étaient réveillés de mauvaise humeur, frustrés de leurs rêves, et la mère, Simone Fournier, s'était précipitée vers le grille-pain sans même prendre le temps de passer une robe de chambre. La moindre seconde comptait. Elle prépara les morceaux de baguette à la bonne dimension, brancha l'appareil et son doigt se posa sur la commande d'accès à l'autorisation de mise en service. Un voyant orangé clignota trois fois de suite. Une voix de synthèse fit vibrer l'amplificateur du grille-pain :
– Bonjour, Simone. Bien dormi?
Elle esquissa une grimace désolée en montrant le

mur mitoyen. Le grille-pain se mit à rire avec un vieux bruit de résistances secouées.

– C'est la vie, Simone... Première question de la journée... Quel est le nom de la première speakerine de la télévision française?

Simone Fournier tira un siège de dessous la table et se laissa choir pesamment. Elle leva la tête vers l'horloge qui avalait les soixante secondes imparties pour les questions orangées. Son fils Joël émergea de la chambre du fond, les cheveux dressés, sa veste de pyjama ouverte sur son torse glabre. A mi-parcours il profita de ce qu'il avait la bouche ouverte par un bâillement pour prononcer sa première phrase matinale.

– Hé, m'man, t'as réussi à faire démarrer le grille-pain?

Elle lui ordonna de se taire en désignant la pendule et se tourna vers lui.

– Tu te rappelles du nom de la première speakerine? Elle s'appelait comment déjà?

– J'étais pas né... Danièle Gilbert?

– Moi non plus je n'étais pas née! Ce n'est pas ça... Danièle Gilbert c'était la femme de Sabbagh... Ah... Je l'ai sur le bout de la langue... Voilà, ça me revient : Joubert, Jacqueline Joubert!

Les lampes disposées à la base du grille-pain composèrent les couleurs de l'arc-en-ciel et la famille Fournier, Simone, Félix et leur fils Joël, s'installa pour le petit déjeuner avec mille points au compteur. Il restait un peu de café de la veille et ils le burent froid, ce qui leur évita de devoir risquer d'en être privés en ne répondant pas à la question de mise en marche de la cafetière électrique. Ils préféraient d'un commun

accord ne pas marquer de points et s'irriguer le sang
de la caféine nécessaire pour surmonter les épreuves
qui les attendaient. Joël trempait son pain doré dans
son bol, les yeux rivés au transistor. N'y tenant plus, il
tourna la molette sur ON, guettant les voyants. La
danse des diodes prit fin sur le vert et une voix de
femme le salua avant de lui soumettre sa question.

— Quel était le prénom de l'amiral Nelson ?

Joël Fournier sauta en l'air en poussant un cri de victoire. Il exécuta un tour de cuisine sur un pied et
embrassa sa mère sur le front.

— Fastoche ! J'ai tous ses disques... *Be-bop Baby,
Teenage Idol, Stood Up...* Il a même joué dans *Rio
Bravo* avec John Wayne. J'ai vu le film trois fois. Je ne
connais que lui, c'est Ricky Nelson...

Le transistor s'éteignit aussitôt et la fente située
sous le compartiment des cassettes éjecta un petit
carré de papier. Félix le saisit et le lut à haute voix.

— Espèce d'imbécile, elle ne te parlait pas du chanteur de rock mais de l'amiral Nelson... C'était Horatio
son prénom. Réfléchis avant de l'ouvrir, ta précipita-
tion nous coûte deux mille points... Maintenant on en
est à moins mille...

Joël essaya de se justifier.

— Oh, me dispute pas, fallait le savoir que son père
était dans la marine... Je ne suis pas tombé loin.

Simone Fournier vida d'un trait son bol de café et
s'estima suffisamment courageuse pour enlever les
draps des lits, retourner les matelas et aérer les
armoires. Elle rassembla le linge sale au milieu du couloir afin que Félix ne puisse pas faire autrement que le
voir et le porte dans la salle de bains. Il l'enfourna dans

la machine lavessoreuse biotonique et s'aperçut que le compteur de poudre télé-active flirtait avec le négatif.

– Simone! Viens voir, on est à court de poudre...

Elle accourut et tenta de faire remonter le niveau en tapant sur la glace de l'indicateur. Un voyant rouge vif s'alluma et la machine fit entendre un roulement de tambour. Une voix monta de l'essoreuse.

– Vous venez de tilter. Question de blocage : qui a dit « Donnez-moi deux pages de la Bible et je vous fais un film »?

Félix se planta devant la glace et observa les progrès de la calvitie sur son front. Le reflet de sa femme fixa le sien. Elle se jeta à l'eau.

– Ça ne peut être que Jean-Luc Godard ou Cecil B. De Mille...

L'essoreuse s'impatienta.

– Je vous rappelle qu'il s'agit là d'une question de blocage tiltée qui ne vous rapporte aucun point et que vous n'avez droit qu'à une seule réponse. Il vous reste dix secondes. Alors, Simone?

Elle referma le couvercle de l'appareil pour ne pas assister à la destruction de son trousseau qui résulterait d'une mauvaise réponse.

– Bon, alors Cecil B. De Mille, à tout hasard.

Le réservoir s'emplit instantanément de poudre télé-active et la lavessoreuse entama son cycle ronronnant. Simone repoussa la main de Félix qui s'aventurait sous sa chemise de nuit.

– Laisse-moi, je t'en prie, il fait jour, ça va encore nous coûter dix mille points... Va plutôt promener le chien, il ne tient plus...

Leur bâtiment, de construction trop ancienne, ne

comportait pas de « cynonette », ces pièces auto-nettoyantes qui équipaient maintenant les apparte-ments des familles tenues de posséder un animal. Félix s'empressa de refiler la corvée à son fils qui ne pouvait plus se retourner vers personne. Joël retrouva la laisse sous un paquet de vieux journaux et la passa au cou du cabot dont l'existence était resserrée comme une noix autour de sa vessie. Il glissa la clef dans le verrou et le judas s'irisa de violet.

— Bonjour, Joël, bonjour, Blackie...

Joël regarda sa bestiole assise sur son derrière, les yeux noyés d'urine, puis approcha ses lèvres de l'œille-ton.

— C'est pas Blackie... Blackie on l'a perdu il y a au moins six mois en revenant de vacances. Lui c'est Pataf. P.A.T.A.F. Compris?

Les éclairs violets se firent plus soutenus. Le chien fit entendre quelques gémissements furtifs en se souve-nant que cette maudite porte avait refusé de s'ouvrir, une semaine entière, et qu'il avait dû bloquer son envie pour ne pas subir le sort de Blackie, son prédécesseur...

— C'est noté. Question lilas pour cinq mille points : où le général de Gaulle a-t-il déclaré « Je vous ai compris »?

Joël passa la tête dans la salle de bains. Sa mère étendait le linge, juchée sur un tabouret.

— Dis, m'man, c'est bien dans sa baignoire que de Gaulle a dit « Je vous ai compris »?

Elle laissa tomber ses bras le long de son corps dans un geste de profond découragement.

— Bougre d'idiot tu confonds avec Archimède! De Gaulle, lui, il n'a rien inventé. Il n'avait pas besoin,

il comprenait tout du premier coup... A Alger, à Dun-
kerque, à Tamanrasset...

– Mais il me faut une seule réponse, m'man,
laquelle je choisis?

Elle reprit une taie d'oreiller dans la cuve de la
lavessoreuse.

– Va pour Alger, c'est de là que tes ancêtres sont
partis il y a un siècle, en 1962...

Le souvenir vivace des aïeux pieds-noirs permit aux
Fournier d'engranger cinq mille points et au cabot de
retrouver un sourire placide. Un peu plus tard, Félix
réussissait l'exploit de se raser et d'empocher mille
points supplémentaires en se rappelant que Zanzibar
était le principal producteur de clous de girofle. A huit
heures Félix et Joël prirent l'un des trois cent soixante
mille ascenseurs de la mégalopole et atteignirent le
parking en arrondissant leur total de quinze cents
points grâce à la prise péritel sur laquelle ils
comptèrent, de mémoire, vingt et une broches. Ils en
perdirent le double à cause d'une seule lettre en
essayant de mettre en route la voiture paternelle, une
Exocet-Turbo: la question était pourtant simple, il suffisait de trouver le nom du Marquis dans *Le Chat
botté*. Félix s'était laissé aller... Barabas, au lieu de
Carabas! Ils s'étaient rabattus sur la vieille Bouigues-
Injection de Joël. Ils tombèrent sur la série « Histoire
de l'Art » et il leur fallait trouver l'auteur du *Radeau
de la « Méduse »*. Joël persuadé qu'il s'agissait d'un
opéra-rock lança:

– Jérico...

L'enregistreur, d'origine, datait de quinze ans, et ses
capteurs sensibles en silicium déclassé n'étaient pas

capables de décrypter la prononciation orthographique. Il donna le feu vert et les pistons commencèrent à comprimer leur mélange d'air, de vapeur d'essence, d'huile infiltrée. Au cours de la journée, Simone se voyait octroyer deux mille cent cinquante points après avoir frôlé son record absolu au lave-vaisselle, mais l'aspirateur avait tout raflé, une colle sur le « M » de Richard M. Nixon. Elle s'était décidée pour « Menteur », à cause du Watergate, mais on décrochait le bonus avec « Milhous », prénom fort peu usité, il est vrai, en cette deuxième moitié du XXIᵉ siècle. Joël disposait quant à lui de dix neuf mille points avec un sans-faute au bureau : il avait branché tous les ordinateurs de son service grâce à une série de questions rock dénuées du moindre piège... L'âge du départ en retraite de Mick Jagger (78 ans), le sexe de Michael Jackson (masculin jusqu'en 1997, féminin ensuite), la distance de portée, sans amplificateur, de l'organe vocal de France Gall (un mètre vingt-cinq). Félix arrivait bon dernier avec cinq cents points qui lui avaient pour ainsi dire été donnés au tourniquet du supermarché. Il avait eu droit au questionnaire blanc, d'habitude réservé aux malades en convalescence : le nom du dernier Président de la Vᵉ République, de 2012 à 2019... Les deux syllabes coururent sur les lèvres des caissières, des contrôleurs, des clients. Félix Fournier s'approcha du vidéotecteur incrusté dans le bras du tourniquet d'accès aux rayons : « Je crois que c'était l'ancien chanteur Renaud... » La barrière métallique s'ouvrit et il fit ses courses en dirigeant son caddy télécommandé dans les couloirs.

La famille Fournier se coucha avec une réserve de

vingt et un mille six cent cinquante points soit un peu moins de six heures de sommeil par personne. Félix se colla contre Simone qui s'apprêtait à éteindre la lumière. Elle lui sourit et l'embrassa.

– Attends, mon chéri, je n'ai plus de pilules...

Elle pressa le bouton placé au-dessus de sa table de nuit. Une voix vaporeuse d'aéroport exotique leur susurra :

– Être ou ne pas être, telle est la question.

Ils se regardèrent, les yeux écarquillés, et se mirent à balbutier. Trente grains de sable tombèrent sur le meuble, un par seconde. Le distributeur de pilules d'amour se referma. Simone baissa l'interrupteur et ils s'endormirent, dos contre dos, leurs rêves bouleversés par cette question qui n'en était pas une.

## UNE FAMILLE DE MERDE

Jean-Pierre Bringuier souleva le rideau de scène pour assister à l'arrivée des candidats et du public. Badges bleus pour les concurrents, rouges pour les spectateurs. Il jeta un coup d'œil au paquet de fiches que venait de lui remettre son assistante. Cent cinquante provinciaux : deux cars envoyés par le Comité des fêtes de Dreux (Eure-et-Loir), un autre affrété par les Œuvres sociales de la mairie de Troyes (Aube). D'ordinaire, c'était l'assurance d'une ambiance explosive. Les convois partaient très tôt le matin et, pour faire honneur aux spécialités régionales, on saucissonnait sur la route. Tout le monde arrivait bien chauffé dans le studio. C'était tous les jours Noël : il lui suffisait de lancer deux ou trois vannes éculées pour soulever l'enthousiasme de son public. Aujourd'hui les choses s'annonçaient plus difficiles : lors des sélections matinales aucune des familles de province invitées n'avait franchi le cap des demi-finales et c'étaient deux équipes parisiennes, venues en individuelles, qui s'affronteraient pour empocher les 100 000 francs hebdomadaires du jeu « Plein aux as ». La production avait exceptionnellement autorisé les hôtesses à vendre

des boissons alcoolisées mais Jean-Pierre Bringuier
savait d'expérience que ce n'était pas suffisant pour
redonner de l'allant à une salle en proie au doute, et
que, certaines fois, l'imprégnation éthylique la retournait contre vous. Il fallait se les mettre dans la poche
dès la première minute. Il puisa dans les trésors de
convivialité accumulés au cours de dix années d'animation multicartes au Club Méditerranée, et s'avança
vers le milieu de la scène. Il saisit prestement le micro
et revint vers la coulisse au pas cadencé.

– Une, Dreux, Troyes... Une, Dreux, Troyes...

Une salve d'applaudissements récompensa son
entrée.

– Bonjour, Drouais et Troyens, moi, c'est Jean-
Pierre! Je sais que vous n'avez pas eu de chance tout à
l'heure, et que les fatigues du voyage ont pesé lourde-
ment sur les éliminatoires... A propos d'éliminatoires,
vous savez pourquoi, dans les stades on crie toujours
« Aux chiottes l'arbitre »?

En bon professionnel Jean-Pierre Bringuier venait
de dire l'essentiel, la mise hors concours des principaux invités, et il avait coupé court aux protestations
en détournant l'attention de son public sur un autre
sujet.

– Non? Eh bien, c'est simple... Parce que, comme
disait Pierre de Coubertin, « L'important, c'est de partir pisser »! Bon, je vous promets que la prochaine sera
plus facile... Bon, je présume que vous regardez tous
« Plein aux as » et que vous en connaissez le déroule-
ment aussi bien que moi... Je vais quand même vous en
dire deux mots. Dans les avions, c'est pareil. On nous a
fait dix fois le truc de la ceinture, du gilet gonflable,

de la fiche d'instructions, mais l'hôtesse nous ressort son petit discours avant chaque vol. Ça fait partie du règlement...

Il pointa le doigt vers la cabine technique bourrée d'électronique.

– A propos de vol, ne vous inquiétez pas, nous avons hérité du meilleur commandant de bord de la compagnie Télé-Première. Quand la lumière rouge s'allumera, ne cherchez pas à attacher votre ceinture : il n'y en a pas ! Ça voudra simplement dire que l'émission décolle, et qu'on est en direct à l'antenne...

Il regarda sa montre.

– Il nous reste un quart d'heure. Ça me donne tout juste le temps de vous expliquer ce que j'attends de vous... Le décor se trouve derrière le rideau. Les deux familles finalistes composées chacune de quatre personnes se placent derrière un pupitre, face à face. Joker, votre animateur favori, se tient entre les deux camps et pose les questions auxquelles papa, maman, tata et tonton doivent répondre au plus vite. La finale se déroule en deux manches de treize minutes interrompues par un écran publicitaire de cinq minutes... Je vous demande de n'épargner ni vos applaudissements aux gagnants ni vos sifflets aux perdants. N'hésitez pas à faire du boucan, le studio n'est pas insonorisé, mais les voisins ont déménagé depuis longtemps !

Il retourna quelques instants dans les coulisses. Son assistante lui tendit sa bouteille d'eau glacée. Le présentateur, Patrick Comte, qui avait dû prendre le nom de la boisson sponsorisant l'émission, Joker, pointa son museau.

– Alors ?

— J'en ai marre de ces cons de sélectionneurs! C'est la troisième fois cette année qu'ils nous balancent les concurrents provinciaux... Il y en a, là-dedans, qui rêvent à ce voyage depuis deux, trois ans, qui ne pensent qu'aux dix briques de la semaine, et ces tarés les éjectent comme des malpropres... Tu ne peux rien faire pour changer le règlement?

Joker s'approcha de Bringuier et lui tapa amicalement sur l'épaule.

— Je vais voir mais je ne te promets rien. Ils ont acheté le concept de « Plein aux as » à une boîte américaine. Ils sont liés par le contrat... La salle est bonne?

— Non. C'est tout juste s'ils me regardent... J'ai l'impression de faire le guignol devant un troupeau de chèvres. Enfin, t'inquiète pas, il reste cinq minutes, je vais retourner au charbon... Je crois que j'ai une idée.

Jean-Pierre Bringuier prit une gorgée d'eau, se gargarisa avant de cracher le liquide sur le parquet. Il souleva le rideau et courut sur le devant de la scène, accueilli par des applaudissements épars.

— Vous connaissez l'histoire de l'aveugle qui arrive sur la plage en slip avec une superbe poupée gonflable dans les bras? Non? Eh bien, c'est simple comme bonjour : il la pose sur le sable et s'allonge dessus, en tout bien tout honneur. Un voisin, père de famille nombreuse, vient se plaindre. « Excusez-moi, monsieur, mais c'est pas très correct de venir sur la plage avec votre poupée gonflable... » A ce moment-là l'aveugle se redresse, furibard. « De quoi, une poupée gonflable! Merde, ça fait onze mois que je baise avec mon matelas pneumatique! »

On le gratifia de rires nourris, et Bringuier profita

du regain d'intérêt de l'assistance pour avancer ses pions. Il tendit le bras et la main, droit devant lui.

– J'ai pensé à une chose... On va imaginer que c'est un match de foot... La moitié de la salle située à droite sera composée de supporters de la famille correspondante, même chose pour le public assis à gauche. D'accord?

Les Drouais et les Troyens sentirent qu'ils avaient quelque chose à gagner dans l'affaire. Bringuier le perçut instantanément.

– A la fin de l'émission vous resterez tous à votre place, et la production sera heureuse d'offrir aux supporters dont l'équipe aura remporté la finale un abonnement d'un an à *Télé-Première Magazine*, et la cassette des meilleurs moments de « Plein aux as ». Les vaincus ne seront pas oubliés puisqu'ils recevront le superbe tee-shirt « Joker »...

Il lui suffisait de voir les mines réjouies des gens placés aux premiers rangs pour savoir qu'il venait, une fois de plus, d'emporter le morceau. Il quitta le devant de la scène sous les ovations à la seconde précise où la lumière rouge s'allumait. La tenture se scinda en deux moitiés qui rejoignirent majestueusement les cintres. Un projecteur blanc cibla Joker, seul au milieu du décor, puis de petits faisceaux colorés vinrent chercher les visages des finalistes. L'animateur força son sourire sur le milieu de l'indicatif, sachant qu'à cet instant précis le réalisateur le cadrait plein pot, puis il s'avança à pas comptés vers la famille placée à sa droite. La moitié de la salle exulta tandis que l'autre se répandait en lazzi.

– Bonjour, famille Bessonac. Je suis heureux de

vous accueillir pour la finale hebdomadaire de « Plein
aux as ». Je sais que vous vous êtes inscrits par Minitel
et que vous vous prénommez Alexis... Les éliminatoires n'ont pas été trop difficiles?

Le père de famille se pencha vers son micro fiché
dans le pupitre. Il était vêtu de manière très élégante
et se mit à parler en se frottant les mains.

– Non, cher... Joker... Pardonnez-moi, mais il est
très... comment dirais-je... très curieux d'avoir à
dénommer quelqu'un de la sorte...

Joker ne put réprimer un certain agacement qui ne
fut pas perceptible sur les écrans.

– On s'habitue, vous verrez... Vous venez du Vésinet, près de Saint-Germain-en-Laye et vous êtes expert
financier pour une grande entreprise du quartier de la
Défense. C'est exact?

– Oui, tout à fait... Ma femme Béatrice se consacre
à la famille et mes deux enfants, présents à nos côtés,
Arnaud et Damien, sont étudiants à H.E.C.

– Très bien... L'équipe qui vous est opposée pour
cette finale hebdomadaire est la famille Mortier qui
nous vient de Nanterre. Bonjour Lucien. Présentez-
nous donc vos proches...

Lucien Mortier toussota pour s'éclaircir la voix et
remua la tête en tous sens, visiblement peu habitué à la
cravate qui lui comprimait le cou.

– Ben voilà, j'ai 48 ans et je suis chauffagiste à la
tour B.P. de la Défense... Je sais pas si j'ai le droit de le
dire... Là, c'est ma femme, Mauricette, elle travaille
comme facturière, à Courbevoie. Mon fils, Alain,
cherche du boulot dans le secteur des livraisons et ma
fille, Michèle, est caissière à la Fnac Défense...

La caméra s'attarda sur Michèle, détaillant son physique de baby-doll, insistant sur son décolleté, zoomant au bon moment sur le mouvement de langue entre les lèvres pleines. Un murmure d'approbation courut dans le public. Michèle gratifia le cameraman d'un sourire ravageur en surprenant son image sur un écran de contrôle. Joker en profita pour plonger son regard sur les balconnets... Il respira un bon coup et compulsa ses fiches avec gourmandise.

— Très bien. Je vais demander aux chefs de famille de se placer face au bouton-poussoir afin d'appuyer pour me donner une réponse. Prêts? On y va... Nous avons posé la question suivante à cent personnes : Où avez-vous fait la connaissance de votre femme, votre mari? Quels ont été les lieux les plus fréquemment cités?

Lucien Mortier écrasa le champignon de ses deux mains.

— Je dirais dans la cité ou dans l'immeuble... Nous, c'est là qu'on s'est rencontrés avec Mauricette...

Joker se tourna vers le tableau électronique qui afficha « QUARTIER, 8 % » en quatrième et dernière position. Il s'adressa à Alexis Bessonac.

— Vous avez une meilleure proposition?

— Je suppose que la majorité des couples se forment encore sur une piste de danse...

— Soyez plus précis.

— Dans un bal ou une boîte de nuit.

La première case s'illumina : « BAL, 57 % ». Béatrice ajouta 17 % avec « MAGASIN », et Arnaud compléta le tableau en répondant « CINÉMA » pour 18 %. Au terme du premier échange, la famille Bessonac engrangeait

déjà 92 points, soit pratiquement le quart du total
requis pour décrocher les cent mille francs mis en jeu.
Mauricette et Béatrice remplacèrent leurs maris
devant les manettes.

— A votre avis, comment se sont départagés les cent
Français à qui nous avons demandé : Quelle est la couleur symbole de l'érotisme masculin?

Béatrice alluma la lampe témoin sur la dernière syl-
labe de Joker.

— ROUGE !

Cela lui valut 22 %, en troisième position. Mauricette, des jarretelles plein la tête, osa « NOIR » en
rougissant, et prit la main avec 38 %. Alain ajouta
23 % avec « BLEU », Michèle minauda un « blond » que
Joker lui demanda de réitérer devant le micro.

— BLOND.

La dernière case s'illumina et 17 % s'ajoutèrent au
score des Mortier qui talonnaient les Bessonac avec
78 points. Béatrice tenta de protester, arguant que
blond n'était pas, à proprement parler, une couleur
mais plutôt une teinte de cheveux. Le public
commença à siffler. Une bonne moitié de ceux qui
étaient censés soutenir les Bessonac avaient d'ores et
déjà rejoint le camp des Mortier. Se sentant soutenue
Mauricette rabroua Béatrice.

— Parce que pour Madame, une teinte c'est pas une
couleur...

Elle leva les bras à la manière d'un coureur chan-
ceux pour répondre aux applaudissements. Joker tran-
cha dans le vif en rappelant que le jeu consistait à
retrouver les choix statistiques des Français et qu'il
fallait se conformer à leur jugement même si, parfois,

cela pouvait sembler surprenant. A l'issue de la première manche, la famille Bessonac capitalisait
387 points grâce à un sans-faute de dernière minute
sur les plats traditionnels de la cuisine nationale. Les
Mortier étaient nettement distancés avec 161, n'ayant
réussi qu'à ajouter 83 points à leur razzia sur les couleurs de l'amour. La lumière rouge s'éteignit le temps
de l'interruption publicitaire. Joker dirigea les candidats vers un recoin discret du décor où l'on avait dressé
un petit buffet. On commença à se lever, dans la salle,
mais Jean-Pierre Bringuier connaissait le danger. Il se
précipita au-devant de la scène, micro en main, et rap-
pela son monde à l'ordre.
   – Merci, vous avez été parfaits... Allons, rasseyez-
vous, madame, on a bientôt terminé. Les hôtesses vont
passer vous voir pour vous proposer des rafraîchisse-
ments. Désolé, mais on ne peut pas vous laisser sortir :
ici c'est pas l'Opéra, la pause dure à peine cinq
minutes ! Bon. Tout à l'heure on était tous d'accord ?
Chaque moitié de salle devait soutenir la famille située
en face d'elle... Je ne sais pas si vous avez remarqué la
même chose que moi, mais j'ai l'impression que si les
supporters des Mortier font bien leur boulot, les
troupes des Bessonac ont l'air d'être passées à
l'ennemi. Vous ne vous en rendez pas compte, dans le
feu de l'action. En revanche ça crève les yeux quand
on visionne l'émission en direct sur l'écran. Si ça conti-
nue comme ça et que les Bessonac l'emportent, je me
demande à qui je vais bien pouvoir donner les abonne-
ments à *Télé-Première Magazine* et les cassettes des
meilleurs moments de « Plein aux as » ! N'ayez pas
peur, je plaisante... A propos, vous connaissez l'histoire

de la prostituée qui dit à son client : Chéri je vais te faire l'orage...

Il n'eut pas le loisir d'aller plus loin. La lumière rouge se mit à clignoter pour avertir du lancement du dernier spot. Joker et les deux familles finalistes reprirent leur place au centre du plateau tandis qu'une starlette en disgrâce tapinait sur les écrans pour un saucisson « comme à la maison ». L'animateur essaya deux ou trois variantes de son sourire dans son miroir de poche, et opta pour celle qui, pensait-il, lui donnait l'air intelligent. Au signal il se dirigea vers Lucien Mortier et lui posa la main sur l'épaule.

— Alors ! Je crois qu'il est temps de réagir si vous voulez décrocher les cent mille francs de la cagnotte hebdomadaire... Je vous rappelle que, lors de cette deuxième partie, les points comptent double...

Joker tira les questions d'une enveloppe.

— Les personnes autorisées à répondre en premier sont donc Damien pour la famille Bessonac et Michèle pour la famille Mortier...

La jeune femme fit voler ses cheveux autour de sa tête et rajusta son bustier, moulant ses seins de ses mains. Le rejeton Bessonac ne put s'empêcher de déglutir, produisant un surprenant bruit de lavabo.

— Quelles sont les pièces de l'appartement qui font le plus fantasmer les cent Français que nous avons interrogés ?

Les paumes des deux candidats écrasèrent le bouton-poussoir dans le même mouvement et leurs lèvres laissèrent échapper des sons identiques à la même seconde.

— La salle de bains...

Joker écarta les bras en signe d'incrédulité et demanda l'avis du juge qui hésita avant de se prononcer pour Damien. Les 60 % transformés en 120 points permettaient aux Bessonac d'atteindre la barre des 500 et d'empocher le jack-pot. Michèle se retourna vers son père, comme pour lui demander l'autorisation. Elle contourna le pupitre et se planta devant le présentateur.

– Je ne suis pas d'accord... On l'a dit exactement en même temps...

Lucien Mortier appuya de sa voix forte la requête de sa fille, sous les applaudissements nourris du public. Joker hésita une nouvelle fois, comme un arbitre normand lors d'un match Rouen-Caen. Michèle s'était collée à l'animateur dont le menton reposait pratiquement dans la minerve chaude de sa poitrine.

– Je vous jure que je dis la vérité...

Alexis Bessonac sentit le danger, mais le message excéda sa pensée.

– N'essaie pas de l'influencer, Chouchoune, c'est mon fils qui a gagné...

Joker fronça les sourcils. Son regard fit l'aller-retour entre le visage du chef de la famille Bessonac et les seins de Michèle Mortier. Il comprit que tout dérapait quand Lucien et Mauricette se mirent à hurler de derrière le pupitre.

– Comment ça se fait que tu l'as appelée Chouchoune ? C'est comme ça qu'on l'endormait quand elle était petite... Personne d'autre ne connaît ce surnom !

Michèle se détacha de l'animateur et piqua du nez. Alexis Bessonac tentait de se donner l'air dégagé de celui qui n'a rien entendu de ce qu'il a dit. L'attaque partit de Béatrice, sur son flanc gauche.

– Alexis, je voudrais comprendre! Par quel mystère connais-tu le diminutif de cette créature?

– Je ne sais pas, j'ai dit ça par hasard, ma langue a fourché.

Lucien écrasa le bouton-poussoir sous son poing, allumant toutes les ampoules du cadran.

– Tu te fous de ma gueule ou quoi?

Mauricette Mortier s'était à son tour portée au milieu de la scène. Elle obligea sa fille à la fixer droit dans les yeux.

– Parle ou je t'en mets une!

La jeune femme tenta de lui échapper et de gagner la coulisse. Sa mère la retint par la bretelle de sa robe et lui retourna une paire de gifles.

Un frisson parcourut le public qui se leva d'un coup, silencieux, comme à la corrida quand le toréador se fait encorner. Tandis que Joker tentait de séparer les femmes Mortier, Lucien en profita pour traverser le plateau et prendre Alexis Bessonac par la cravate.

– Qui est-ce qui t'a dit qu'elle s'appelait Chouchoune dans l'intimité?

Arnaud et Damien volèrent au secours de leur père et se jetèrent sur le chauffagiste de la tour B.P. Alain Mortier sauta par-dessus le pupitre pour se lancer dans la mêlée. Dans la salle, les rares défenseurs des Bessonac se faisaient tabasser par la meute des pro-Mortier. L'animateur était parvenu à pousser Michèle Mortier à l'écart. Elle hoquetait, le visage défait, les joues marbrées par les claques et le maquillage délavé. Il lui caressa les cheveux.

– Vous avez déjà rencontré Alexis Bessonac avant cette émission?

Elle hocha la tête en signe d'assentiment.

– Il y a longtemps?

La jeune femme parvint à juguler ses sanglots.

– Le mois dernier... Il travaille à la Défense, comme moi... Il est venu acheter des livres à la Fnac et j'ai tout de suite remarqué qu'il choisissait de passer à ma caisse... On s'est revus, ensuite, et on a passé deux ou trois soirées ensemble...

– Et comment ça se fait que vous vous retrouvez avec lui sur le plateau de « Plein aux as »... Je n'ai jamais cru aux coïncidences...

– Alexis connaît le producteur. Ils ont arrangé la sélection pour que nos deux familles soient finalistes. Il est compliqué... ça l'amusait de faire connaissance avec mes parents de cette manière et de tromper sa femme en direct, devant des millions de télé-spectateurs...

Le tumulte avait pris fin dans la salle ainsi que sur la scène. Le public et les concurrents, immobiles, fixaient Joker et Michèle Mortier. Le présentateur fut pris d'un doute. Il baissa les yeux vers son micro sans fil. Le petit bouton noir était poussé sur ON, et il réalisa que la France entière venait d'entendre les confidences de la jeune femme. Il essaya de prendre les devants.

– Tout ceci est un énorme malentendu et nous allons...

La rumeur enfla sur les bancs. Drouais et Troyens se levèrent d'un bloc au cri de « A bas les tricheurs » et se ruèrent sur la scène. L'assaut buta sur la vitrine aux Trésors. Tout ce qui, depuis des mois, des années, bril-lait sur l'écran de la salle à manger se trouvait là, à

portée de main. La colère tomba aussi vite qu'elle était
montée. Les plus rapides se servirent en premier, raz-
ziant les cassettes vidéo des « Meilleures séquences de
Plein aux as », les suivants jetèrent leur dévolu sur les
tee-shirts imprimés, d'autres se partagèrent les pin's et
les autocollants de « Télé-Première ». Les plus faibles
se contentèrent des photos prédédicacées de Joker.

Seule dans son coin, oubliée de tous, Béatrice Bessonac pleurait sur son bonheur cathodique perdu, la tête
auréolée du logo de la chaîne.

# LEURRE DE VÉRITÉ

A huit heures précises, Simon Elmaz fit un signe au technicien qui abaissa la manette du son. Le générique de « Café-Croissant », le talk-show matinal de Télé-Première, défila en surimpression devant les images du nouveau clip de Renaud *Marchand de yuccas*. L'extrême tension nerveuse emmagasinée dans la cabine régie chuta d'un coup. Une véritable dépression !

– Et voilà ! Une de plus dans la boîte ! Merci tout le monde.

Il passa son bras autour du cou de Cécilia, une jeune stagiaire qui venait de participer pour la première fois à la réalisation d'une émission de télé en direct, et l'embrassa affectueusement. L'équipe au grand complet se mit à applaudir pour marquer le coup. Simon sortit du local vitré pour aller serrer la main du journaliste vedette de « Café-Croissant », maiś Teddy Boucharo prenait congé de l'invitée du jour, une ancienne prostituée reconvertie dans la pizza-minute.

Il grimpa l'escalier de fer qui menait à son bureau, un réduit de deux mètres sur trois planqué au bout d'un couloir, après la salle de détente. Il s'installa dans

le fauteuil, posa ses pieds sur une des tablettes de ran-
gement et ferma les yeux pour effacer les images
rémanentes de monsieur Météo, de Teddy Boucharo,
de la fille aux pizzas, des singes de la pub, des combats
inter-ethniques, des jeux Olympiques d'Albertville.
Cette phase de nettoyage des images qu'il avait servies
à quelques millions de Français lui demandait un bon
quart d'heure. Ensuite, le boulot était presque terminé.
Il préparait le découpage de l'édition du lendemain,
inventait quelques déplacements de caméra, osait un
plan piqué dans du Welles ou du Losey. A dix heures
du matin, il était libre et pouvait entamer la part
d'existence qui lui importait. Il consacrait le reste de
sa matinée à la lecture de livres, de scénarios puis il
retrouvait Carole au drugstore Publicis. Elle bossait
dans le quartier, un mi-temps dans une boîte de
communication institutionnelle, et ils passaient l'après-
midi dans les cinés de Saint-Germain et de Mont-
parnasse, traquant le festival Julien Carette, la rétrospective Eliott Gould, ou l'hommage à Michael
Rœmer. Le soir il se couchait tôt pour être en pleine
forme, à cinq heures et demie aux commandes de son
orchestre électronique.

   Ce matin il ne parvenait pas à se décider : rien ne
l'inspirait. Les fiches de l'émission étaient dispersées
sur le bureau, bleues pour l'info, roses pour la variété,
orange pour la vie pratique, jaunes pour la pub. Teddy
Boucharo recevait Guy des Haltes, un écrivain spécia-
liste du secret d'alcôve. Les images de Robert Hossein
dans *Angélique marquise des Anges* se mêlaient, dans
sa tête, à la partie de jambes en l'air de Philippe Noi-
ret et Christine Pascal dans *Que la fête commence*.

Trop kitsch, trop intello. Il se rabattit sur *Si Versailles m'était conté* et téléphona à l'Institut national de l'audiovisuel pour disposer rapidement d'une cassette du film de Guitry. Il s'apprêtait à quitter les studios quand on frappa discrètement à la porte.

— Oui, entrez...

Un type qu'il ne connaissait pas se tenait dans le couloir, les bras chargés de courrier.

— C'est pour quoi?

— Je suis nouveau, je travaille au courrier. C'est bien vous monsieur Elmaz?

Le réalisateur cligna des yeux pour lui signifier d'aller à l'essentiel. Le coursier lui tendit un pli et disparu vers l'escalier. Simon, intrigué, décacheta l'enveloppe aux couleurs de Télé-Première et tira la lettre à en-tête de la Direction de l'Information.

*Cher Monsieur,*

*Dans le cadre des restructurations qui touchent le secteur des magazines et des journaux télévisés de notre chaîne, vous n'assurerez plus que deux vacations par semaine (au lieu de cinq) dans le cadre de « Café-Croissant ». Je tiens à vous dire personnellement que votre collaboration nous donne toute satisfaction, et ne voyez dans cette décision qu'un effet des ajustements rendus nécessaires par le redéploiement de notre effort en direction du « tout-fiction ». En revanche le groupe de réflexion récemment constitué, et chargé de veiller à la redistribution des capacités créatives, m'a suggéré de vous confier la réalisation, une fois par mois, de notre magazine politique hebdomadaire « Toute La Vérité ». Je pense que cette proposition vous agréera et qu'elle vous donnera l'opportunité de déployer tous vos talents au service des 40 % de téléspectateurs français qui font confiance à Télé-Première. Thomas Le Vaillant, producteur et présentateur de cette émission, prendra contact avec vous afin de déterminer les bases de votre participation.*

Simon Elmaz relut le texte à haute voix, puis il se munit d'un Stabilo boss et souligna au fluo les membres de phrases importants, débarrassant la prose directoriale de sa graisse. *Restructuration, ajustements nécessaires, redéploiement, deux vacations au lieu de cinq, un magazine par mois, opportunité de déployer vos talents, français, bases.* Ce jour-là, ils n'allèrent pas au cinéma malgré la ressortie exceptionnelle, à l'Action-Écoles, de *Petits meurtres sans importance*, un brûlot invisible depuis plus de dix ans. Ils arpentèrent les Champs, les galeries marchandes, descendirent jusqu'aux quais, en parlant de ce qui agitait le paysage audiovisuel. Tout y passa, l'écœurante marée publicitaire, les rires enregistrés, les créateurs placardisés, les animateurs photocopiés, les films coupés, châtrés, les cours de la Bourse affichés dans les ascenseurs de Télé-Première, l'information spectacle, la politique poubelle, les dessins animés achetés au poids de la pellicule, les séries prédigérées, les scénaristes serpillières... Ils s'arrêtèrent devant l'Assemblée nationale, le cœur au bord des lèvres, comme au sortir d'un repas d'anniversaire, la bile remplaçant le cholestérol. Carole se hissa sur le parapet du pont et s'assit, face à la place de la Concorde. Simon vint se placer entre ses jambes.

– Ce n'est peut-être pas gratifiant de dire dans une soirée mondaine qu'on est metteur en scène de « Café-Croissant », mais je me tenais à l'écart du marigot... Même si Teddy Boucharo n'est pas une lumière, au moins il ne me faisait pas chier... Tandis qu'avec Thomas Le Vaillant ça va être une autre paire de manches. Olivier Luchini bosse avec lui de temps en temps. L'enfer de l'ego! Je me demande comment il passe les portes... Tu n'as jamais remarqué le rapport entre son nom et son émission de télé?

Carole se renversa en arrière pour suivre le sillage d'un hors-bord.

– Non, je ne vois pas à quoi tu fais allusion...

Il lui caressa les cuisses. Le feu de la Chambre des députés passa au vert, libérant un flot de voitures.

– Thomas Le Vaillant, Toute La Vérité... Ce sont les mêmes initiales : T.L.V. Il faut être sacrément malade au niveau des chevilles pour oser un truc pareil, non? Il devrait aller faire un tour sur le divan d'Henry Chapier...

– C'est peut-être un hasard, Simon... A mon avis tu ne devrais pas te monter la tête contre lui avant de voir comment il se comporte à ton égard. Si c'est vraiment un sale con, je fais confiance à tes cadrages sublimi-naux pour que les spectateurs le comprennent sans avoir besoin de sous-titrage.

Thomas Le Vaillant le convoqua le lendemain après la mise en boîte de « Café-Croissant ». Le producteur trônait devant le panorama réel de Paris. Simon pou-vait distinguer nettement les ascenseurs montant à l'assaut du dernier étage de la tour Eiffel. T.L.V. lui désigna un siège et consacra les cinq premières minutes de l'entretien à lui dire combien il estimait son travail. A l'écouter on arrivait presque à oublier qu'il régurgitait ses fiches, et à croire qu'il possédait la collection complète de « Café-Croissant ».

– Il est évident que je me montre beaucoup plus directif envers mes réalisateurs que Teddy Boucharo... Les responsabilités ne se situent pas au même niveau. Je ne fais pas dans la variété et le best-seller. Mes invités ont tous une envergure nationale, certains une ambition présidentielle, et il est de mon devoir de prendre en compte leur surface médiatique. Vous me suivez?

Simon détacha son regard des toits du Grand-Palais.

– En tout cas je comprends ce que vous dites... Je regarde assez souvent l'émission. Plans alternés du journaliste, de vous-même, de l'invité, panotage sur le public, pause sur les visages connus, tunnels sur la figure de l'invité lors de sa réponse, agrémentés de quelques brefs inserts des réactions du journaliste et du public. C'est ce que vous voulez?

Thomas Le Vaillant laissa échapper un sourire.

– On ne change rien. La formule nous vaut 15 points d'audience chaque semaine. Votre analyse est parfaite. C'est très exactement ce que je demande. Du travail propre. L'important ce n'est pas l'image mais ce que nous leur faisons dire. J'ai l'habitude d'expliquer que « Toute La Vérité », c'est en fait de la radio filmée. La mise en scène doit être réduite au minimum : tout effet de cadrage ne peut qu'affaiblir le message...

Simon n'essaya pas de modifier le jugement du jour-

naliste. Il aurait pu lui passer des vidéos des inter-
ventions de Gorbatchev, Reagan, de Gaulle, Mitter-
rand, pointer les évolutions, montrer comment on
accentuait la solennité d'une intervention par un léger
mouvement de recul, *une mise à distance...* Il choisit
de se taire, de faire semblant d'avaler le vieux discours
sur la caméra innocente. Au cours des deux semaines
suivantes il se prépara mentalement à sa première de
« Toute La Vérité » en étudiant le physique, les tics et
manies de l'invité programmé, Édouard Balladur.
D'évidence il fallait éviter les gros plans sur la bouche
fuyante, la caméra de côté qui risquait d'accentuer le
profil bourbonien de l'intéressé, les contre-plongées qui
donneraient l'impression de voir ses bajoues gonfler et
le gratifieraient d'une tête de mérou. Il fit connaissance avec l'équipe placée sous sa responsabilité. Elle
était constituée en grande majorité de professionnels
aguerris et ne comptait qu'un minimum de *cinéphiles*,
surnom qui désignait les fils et filles de famille piston-
nés par une huile de Télé-Première.

La prestation d'Édouard Balladur ne fut pas plus
remarquée que les précédentes, ni moins, et Simon
Elmaz s'habitua à ce rythme de travail, alternant deux
mises en boîtes hebdomadaires de « Café-Croissant » et
le cérémonial mensuel de « Toute La Vérité ». Il avait
refusé de s'installer à l'étage des décideurs et insisté
pour garder son bureau-refuge près de la salle de
détente du personnel. C'est là, six mois plus tard, en
décrochant le téléphone, que l'histoire le rattrapa.

– Simon ?

Il reconnut la voix de Christine, son assistante sur
T.L.V.

— Oui, c'est bien moi...

— Tu laisses tout tomber sur la prochaine, on a un gros pépin avec l'ancien président du Sénat, Gaston Monnerville...

— Quel genre? Il se décommande?

Elle ne put s'empêcher de laisser partir un petit rire nerveux.

— Ça va être dur de le faire revenir sur sa décision : il vient de casser sa pipe!

— Il nous reste à peine trois jours pour nous retourner... Qu'est-ce qu'a décidé Le Vaillant, il annule, il rediffuse?

Il eut conscience d'un malaise à l'autre bout du fil.

— Non... Pour être franche, c'est ça la véritable tuile... Il invite Gilles d'Auray, le patron du Parti national français...

Il reçut la nouvelle aussi mal qu'un direct au foie. Il laissa passer quelques secondes pour se ressaisir.

— Comment réagit l'équipe?

— A part deux ou trois, ils s'en foutent. Depuis des années ils se sont habitués à filmer n'importe qui n'importe comment... Quand je leur en parle ils n'arrêtent pas de me dire : *Arrête de rêver, Christine, on a une famille, il faut bien bouffer...* A force les intestins prennent la place du cerveau!

— Et toi, qu'est-ce que tu vas faire?

— J'en sais rien. Je vais peut-être essayer de me faire remplacer...

A midi moins le quart il attendait déjà en bas de l'immeuble où Carole travaillait. Il la mit au courant de la situation. Elle le prit dans ses bras.

— Tu ne peux pas tomber malade? Je connais un

médecin qui acceptera sans poser de questions de t'arrêter pendant une semaine...

– Je suis dans le potage... Christine, mon assistante, se fait remplacer. Je me fais porter pâle... Le résultat sera le même pour les types assis dans leur canapé : d'Auray ramassera 15 % d'audience et ses idées pourries pénétreront un peu plus dans les esprits.

Carole l'entraîna vers la terrasse du *Fouquet's*.

– Et Thomas Le Vaillant ? Ce n'est pas un facho, il l'invite peut-être pour démonter le personnage...

Simon haussa les épaules, une moue de mépris aux lèvres.

– J'ai regardé le press-book de l'émission. Ça fait trois fois qu'il l'invite. Une fois par an, pour préparer les élections. Il aurait au moins pu avoir le courage de lui demander pourquoi il s'était fait rajouter une particule... Il ne s'est jamais appelé d'Auray, mais tout simplement Auray. Avec l'initiale de Gilles, son prénom, ça donnait G. Auray, goret ! Voilà pourquoi !

– Ce n'est pas un argument, Simon, il n'est pas responsable de son nom...

Ils commandèrent deux kirs-champagne.

– Tout est bon contre eux... On ne va pas revenir sur les camps, sur toute cette horreur, je t'ai assez désespérée avec mon histoire... En fait ce que je reproche le plus à ces gens-là, c'est de m'avoir privé de l'amour de mes deux grands-pères, de mes grands-mères, des oncles et des tantes, de leurs sourires, de leurs gâteaux... Il te manque quelque chose d'essentiel quand tu n'as eu que des parents et rien d'autre que la mort, avant...

Il ne dormit pratiquement pas au cours des deux

nuits précédant la venue du leader du Parti national français, écartelé entre les avis d'amis lui conseillant de se défiler et d'autres le suppliant de monter au créneau. Il passa par des phases d'abattement, des moments d'exaltation. Le pire, ce fut l'humiliation. Au détour d'un couloir il s'était trouvé nez à nez avec Maurice Gafmar, l'un des principaux réalisateurs de « Toute La Vérité », et lui avait demandé si ça ne le dérangerait pas d'assurer la vacation à sa place. L'autre ne s'était pas contenté de refuser. Ses paroles avaient hanté chaque seconde de la dernière nuit.

— Vous êtes bien tous les mêmes, toujours à vous faire plaindre, et dès que ça devient sérieux, les premiers à prendre la tangente...

Vers cinq heures il avait téléphoné à son assistante. Christine ne dormait pas, elle non plus. Personne n'avait accepté de prendre sa place. Il lui exposa le plan qu'il avait mis au point, pour sauver l'honneur. Elle accepta, la mort dans l'âme, de faire partie du complot.

Gilles d'Auray débarqua dans le hall entouré d'une bonne moitié du comité central du P.N.F. Une hôtesse guida la troupe jusqu'au grand auditorium et le chef, rayonnant, s'installa au centre du décor tendu de bleu roi. Thomas Le Vaillant vint le saluer et ils papotèrent ensemble durant un bon quart d'heure tandis que le public prenait place sur les gradins. Les moniteurs placés au sol renvoyaient les images prises par les différentes caméras, et un témoin rouge s'allumait sur le cadrage choisi par le réalisateur. Ainsi Thomas Le

Vaillant et son invité pouvaient contrôler, tout en discutant, le travail de montage. La régie envoya son message.

– L'antenne dans deux minutes.

Tous les acteurs se figèrent. Christine qui avait pris les commandes de la caméra n° 3 fit un clin d'œil à Simon. Il lui répondit d'un signe, et observa la course du point lumineux sur le cadran des secondes. Une pensée lui traversa l'esprit quand il donna l'ordre de passage du générique : autant de caméras, autant de fusils... A cinq mètres, derrière la vitre, Goret se vautrait dans sa fange. Thomas Le Vaillant ne semblait pas être dérangé par les odeurs de bauge. Simon le fit apparaître plein cadre et bloqua la caméra n° 1. Le journaliste se contempla et remua ses fiches.

– Bonjour, monsieur Gilles d'Auray...

– Bonjour.

– Pour commencer je voudrais vous dire que nous avons reçu de nombreuses protestations concernant votre présence dans cette émission...

Le leader d'extrême droite, en parfait professionnel, fixa la caméra 3 et gratifia Christine d'un sourire. Simon attendait cet instant. Il déconnecta tous les écrans de contrôle placés dans l'auditorium et demanda à son assistante de resserrer le plan sur le visage de Goret qui ne s'était encore aperçu de rien.

– Vous savez, je suis habitué à la censure et au bâillon. Selon les sondages, je représente davantage que le parti au pouvoir et pourtant on me voit moins sur les écrans que les Fabius, Lang ou Kiejman...

T.L.V. se fit patelin.

– Je pense que vous ne choisissez pas ces noms au

hasard, que leur consonance y est pour quelque chose...

Gilles d'Auray venait de constater la panne des retours d'image. Il fronça les sourcils. Le journaliste leva les yeux vers Simon qui lui répondit par un doigt levé.

– Je ne vois pas à quoi vous faites allusion, cher monsieur... Ou alors je vois trop bien où vous voulez en venir... Soyons clair : je n'ai rien contre les Juifs, mais on ne m'obligera pas à aimer Chagall ou Mendès sous prétexte qu'ils le sont!

La porte de la régie s'ouvrit violemment. Carl Imasse, le responsable à l'Identité du Parti national français, se dirigea droit sur Simon Elmaz. Il se pencha au-dessus du seul écran de contrôle encore en fonction et aperçut le visage de son chef en plan très resserré. On pouvait distinguer le lacis de veinules rouge violacé qui irriguait les joues, le blanc des yeux, le moindre bouton prenait des allures de furoncle mais le pire, c'était le minuscule filet de salive qui brillait aux commissures des lèvres.

– C'est vous le réalisateur?

Simon s'efforça de ne pas le regarder.

– Oui, et je vous prie de sortir d'ici, le public n'est pas admis dans les locaux techniques...

– Et moi je vous ordonne de modifier immédiatement le cadrage. Ce que vous êtes en train de faire est inqualifiable.

– Écoutez, toutes les liaisons avec les caméras sont coupées. Sur le plateau personne ne sait exactement ce qu'il se passe. Si vous voulez intervenir vous n'avez qu'une solution : interlude!

Thomas Le Vaillant observait la scène. Il tentait de lire les attitudes de ceux qui remuaient dans le bocal tout en mûrissant sa seconde question.

– Vous avez récemment critiqué, lors d'une conférence de presse à Berck, les travaux du comité d'éthique et évoqué « une gestion plus normale du matériel humain indésirable »... Pouvez-vous être plus précis ?

Gilles d'Auray, de satisfaction, se frotta les fesses sur le cuir du fauteuil.

– Vous savez, cher Thomas Le Vaillant, quand on remplace la célébration de l'Homme Supérieur par celle de l'Homme Inférieur, lorsque l'on s'aligne sur les tarés plutôt que sur les Aryens en tant que modèle de l'Homme Futur, lorsque l'on impose une survie dégradante à la place d'une élimination cynique, on produit des effets sensiblement analogues. L'enfer des handicapés congénitaux condamnés à vivre, le supplice des agonisants, la surpopulation dans le tiers-monde, la famine, et à terme, le génocide. Je suis pour la justice, non pour l'égalité.

Simon décrocha le téléphone qui sonnait depuis le début de la réponse du leader d'extrême droite. Il identifia la voix du directeur général de Télé-Première.

– Qu'est-ce que c'est que ce cirque, Elmaz ? Ça fait huit minutes montre en main que vous nous servez un plan fixe sur la tronche de Gilles d'Auray ! C'est insupportable, le standard est saturé d'appels de protestation...

– Qu'est-ce qu'ils disent ?

– La même chose que moi, que vous êtes viré !

– Mais ils n'écoutent pas les horreurs qu'il raconte ? Ce type récite *Mein Kampf.*

Il se rendit compte qu'il parlait dans le vide et reposa le combiné sur son support. Le Vaillant, le front couvert de sueur, donnait des signes de faiblesse et transmettait sa nervosité à Gilles d'Auray.

– Monsieur le Président...

– Pas encore, pas encore... Je vous remercie d'anticiper...

– Je voulais dire « président du P.N.F. »... A propos de l'immigration, on a pu dire que vous fournissiez de mauvaises réponses à de vraies questions. Quelles seraient les bonnes réponses?

Simon contacta Christine.

– Resserre encore le cadre... Fais-moi un plan rapproché sur la seule bouche de Goret... Qu'on ait l'impression de voir un film X...

– Je suis un Celte, et l'une des principales qualités de cette race est de dire la vérité, sans pudibonderie. La France n'est pas un hôtel de passe. Et l'affirmation que les Français ont des droits supérieurs aux étrangers est absolument conforme au message évangélique. La Bible nous dit d'aimer notre prochain, pas notre lointain!

– Quand vous dites « étrangers » vous pensez aussi à l'Europe?

– Je suis avant tout un patriote, et je n'appelle aucune invasion de mes vœux... mais, si j'avais le choix, j'aimerais mieux être envahi par les Allemands que par les Arabes. Au moins eux, ils avaient Goethe, Schiller. Les Arabes n'ont jamais rien fait de mémorable.

Les derniers moniteurs en marche se brouillèrent sur cette phrase définitive. Des barreaux de prison colorés strièrent les écrans, puis les premières notes de *La Marseillaise* retentirent. Un panneau apparut à l'antenne : « Communiqué n° 1 du Comité de Salut public. » Un général en grand uniforme, la poitrine bardée de médailles, trônait, sa casquette coincée entre deux drapeaux tricolores.

– L'abaissement de la France sur la scène internationale, le pourrissement de ses institutions, la gangrène qui ronge son personnel politique, ont conduit un groupe d'officiers supérieurs représentatifs de notre Armée et soucieux de voir ses missions respectées, à s'assurer du destin de notre pays. L'Armée a parfois le devoir de rétablir un ordre salvateur, en France comme au Chili. La jeunesse abandonnée, inquiète, est prête à se donner dans un grand élan à qui lui proposera un Idéal à la hauteur de ses ambitions. Cet homme, nous l'avons élu comme chef, et c'est à lui que revient l'honneur de vous présenter le programme du Comité de Salut public.

Simon Elmaz se laissa tomber sur son siège. Tout le personnel de Télé-Première était comme tétanisé par la nouvelle. Ils se laissèrent faire quand une cinquantaine de parachutistes investirent les studios. Les militaires, formés aux transmissions, s'emparèrent de toutes les commandes en moins de deux minutes. Carl Imasse, à la tête d'un détachement de skins armés de mitraillettes, s'approcha de Simon et lui cracha au visage.

– Tu as mal choisi ton jour...

Il se tourna vers ses hommes.

– Occupez-vous de lui et de la fille qui était derrière la caméra. Vous savez quoi en faire...

On amena Christine tandis que des militants du Parti national français recouvraient le drapé bleu de « Toute La Vérité » de portraits de leur leader, installaient des drapeaux. Gilles d'Auray sortit de sa poche le discours préparé en vue de sa prise de pouvoir. Carl Imasse s'approcha de lui.

– Qu'est-ce qu'on fait du journaliste, monsieur le Président ?

Le chef de la junte fronça les sourcils.

– Quel journaliste ?

– Celui qui vous interviewait, Thierry Le Vaillant...

Gilles d'Auray pointa le doigt vers Simon et Christine que les skins poussaient vers les sous-sols.

– Emmenez-le avec ces deux-là. Il ne vaut pas plus cher.

# COLLECTION FOLIO 2€

*Dernières parutions*

*Impression Novoprint*
*à Barcelone, le 22 octobre 2013*
*Dépôt légal : octobre 2013*
*1er dépôt légal dans la collection : novembre 2001*

ISBN 978-2-07-042213-5./Imprimé en Espagne.

**262468**